@小說

青春・愛情・物語

Chaco

空

SORA

第1章

永遠

我愛妳

「……沙代。」

每次女孩心情不好的時候，他就會這樣……像個孩子一樣地跟她撒嬌。

「這樣會很熱啦！」

「那不是很好嗎？現在是冬天耶！」

她一把甩開他環抱過來的手臂，他卻再次從背後抱住她，像是想把她整個人包覆住一樣。

臉上寫滿不耐的女孩，名字叫作井上沙代。

她有著一頭黑髮和端莊穩重的打扮，是個個性有些倔強的女孩。

整張臉埋在女孩髮絲之間撒嬌的，則是笠井健太郎。

健太郎和沙代完全相反，有著一頭顯眼的髮色和稍嫌邋遢的打扮，但這男孩唯一的優點就是隨時活力十足。

兩人從升上國中後就開始交往。

至於，為什麼沙代現在會這麼生氣呢？原因就是健太郎把自己的伊媚兒告訴其他女生。

「你去跟和田互相取暖啊！」

沙代冷淡地甩開他的擁抱，站起身來。

然後她往前走了幾步，到與健太郎相隔一段距離的地方坐下。

「我都說了啊！因為不好意思拒絕嘛！」

健太郎一臉為難，雙手合掌地向沙代請罪。

「一句不好意思拒絕就可以隨便把伊媚兒告訴人家嗎？難道你都跟其他女生通伊媚兒嗎？」

沙代放聲大罵，聲音響遍整個房間，還順手抓起一個坐墊就往健太郎的身上扔去。

「就跟妳說我已經刪除了嘛！而且我也已經跟和田說過了……妳就原諒我嘛！」

健太郎悶頭挨了一記坐墊飛扔之後，仍然拚命道歉著。

沙代依舊眉頭深鎖，只是深深嘆了口氣。

「……氣死我了。」

沙代轉過身，背對著健太郎，紅通通的一雙眼睛裡早已噙滿淚水。

每次兩個人吵架的原因，一定都是為了其他女生。

沙代壓抑住哭泣聲，只是靜靜地流眼淚。

「真的對不起啦！」

健太郎看著沙代微微顫抖的肩膀，忍不住再次緊緊抱住她。

「我……我幹嘛要喜歡你這種人啊？」

「對不起嘛……」

感受到健太郎的體溫，沙代原先的憤怒漸漸化成滴滴淚水，發洩出來。

她心想，或許錯的是善妒的自己吧？

但是，她真的不希望健太郎跟其他女孩談笑啊！

她希望健太郎的眼中，只有她一個。

自己就是會這麼想，她也沒辦法控制啊！

就算他已經跟自己交往了，但喜歡健太郎的女生還是很多……

這就是沙代對健太郎唯一不滿的地方。

沙代靜靜抬起頭，看著緊緊抱住自己的健太郎。

「我喜歡的只有妳一個啊……」

健太郎略帶沙啞的聲音，輕柔地低吟著。

沙代輕輕咬著嘴唇，往健太郎懷裡又挨近了一些。

雖然覺得自己很沒用，但她就是拿健太郎沒有辦法。

還是健太郎身上那股熟悉的氣味，才能讓她……感到平靜。

剛才的眼淚全滴落在健太郎的衣服上後，沙代原先濕潤的雙眼……慢慢乾了。

幾分鐘之後——

「欸，沙代。耶誕夜……我可能要等到半夜才能跟妳過喔！」

眼看沙代的心情好了一點，健太郎才小心翼翼地低聲說著，深怕又再次惹惱了她。

「什麼？」

甜蜜的時光不過才維持一瞬間，立刻就又消失了。

沙代皺起眉頭看著健太郎。

「飆車……」

看著沙代意料之中的反應，健太郎支支吾吾地回答道。

「你今年又要去？」

健太郎在學校裡相當出名，因為他就是一般人口中的……不良少年。

每年一到特定的節日，他總是會和一群夥伴一起去飆車。

正因為如此，不管是前年、去年的耶誕節還是過年……所有的節日都得等到飆車結束之後，他們兩人才能一起度過。

「你去年不是說過，『明年一定會整天跟妳在一起』嗎？」

「但是，我就不好意思拒絕那群兄弟嘛……」

沙代一提高音量，健太郎馬上就低下頭，輕聲解釋著。

沙代聽到他說的理由跟剛才一模一樣，又是「不好意思」，便不耐煩地再次嘆了口氣。

「真的很對不起啦！」

健太郎跪坐在地上，以雙手撐地的姿勢再次向沙代道歉。

沙代已經連發火的力氣都沒有了。

她只是噘著嘴，一句話也不肯多說。

「沙代！求求妳！」

雖然健太郎把頭彎得低低的，但沙代卻別過頭去，對他不理不睬。

「我一定會早點結束，趕快來找妳的！」

健太郎持續拚命地道歉。

健太郎都這麼苦苦哀求了，也只能原諒他了吧！

「好啦……」

一臉不情願的沙代小聲回答。

「真的、真的……對不起啦！」

他抬起頭，表情漸漸改變。

「條件是你要在過十二點以前來找我！」

沙代還是氣呼呼的，連正眼也不看他一眼。

「好！我保證會守信用！」

健太郎開心地露出一臉燦爛的笑容。

……看他那副高興的樣子。

沙代很清楚，健太郎根本不是不好意思拒絕，而是他自己根本也很想去飆車吧！

一想到自己竟然會愛上這樣一個人，沙代也不由得暗暗嘆息。

雖然很懊惱，卻沒辦法討厭他。

不管怎麼說，健太郎都是很珍惜自己的。

沙代已經無法想像，要是沒有健太郎的生活，那會是什麼模樣？

「沙代，我愛妳。」

健太郎天真地擁抱著沙代。

沙代心想，其他女生不可能看到健太郎這樣的笑臉。

他的體溫……

他的雙唇……

全部……全部都只屬於沙代一個人。

在健太郎溫暖的雙臂中，沙代細細咀嚼著幸福的滋味。

一生相依

當外頭天色開始暗下來時，健太郎便準備要回家了，他走出沙代的房間。

「沙代家的樓梯好難走喔！」

「那要不要我從後面踹你一腳？」

「少呆啦！」

健太郎和沙代有說有笑地走下樓梯。

不一會兒，聽見嬉笑聲的沙代母親，從廚房快步走了出來。

「小健這麼快就要回家啦？」

沙代的母親從樓梯間下方探出頭問道。
「是的！我想我還是在伯父回到家之前先離開比較好。」
健太郎立正站好，露出滿臉微笑。
沙代在健太郎身後看他裝出一副乖孩子的模樣，簡直傻眼。
「真是的……我早就跟她爸爸說過好幾次了，你是個好孩子嘛！」
身穿圍裙的沙代母親露出一臉苦笑，目送健太郎離開玄關。

「伯母……人真好耶！」
出了家門之後，健太郎手扶著門，把踩扁的鞋後跟重新穿好。
「我媽只是看上你那張臉啦！」
容易被偶像沖昏頭的媽媽，打從第一次見到健太郎時，就親切地直接叫健太郎「小健」。
「那我來追伯母吧！妳看怎麼樣？」

一下子就得意忘形的健太郎，賊賊地笑著問沙代。

「那你一定會先被我爸給砍了。」

沙代一副若無其事的樣子，卻一開口就說到健太郎的痛處。

健太郎最怕沙代的父親了。

果然不出沙代所料，健太郎一聽之下只能瞇著眼睛苦笑。

在月亮隱約浮現的夜空下，兩人一如往常地吻別。

「明天見囉！」

健太郎用力揮著手，轉身往自己家的方向走去。

「又讓他進來家裡了？」

一回到家，爸爸的臉色就顯得很難看。

沙代假裝沒聽見，兩眼盯著電視看。

「人家也不是那麼壞的孩子嘛……」

多嘴的媽媽，每次只要健太郎一來家裡，她就會規規矩矩地向父親報告。

「不良少年還不夠壞嗎？」

然後，爸爸就會板起一張臉，開始數落起健太郎的不是。

越聽越心煩的沙代，乾脆關掉電視、站起身來。

「妳也好好想想，不要再跟那個不良少年來往啦！妳還要準備考試呢！真是搞不清楚狀況！」

爸爸坐在餐桌前，對著正想要轉身離開客廳的沙代大罵。

……砰！

沙代用力甩上自己的房門，似乎想把那些話全都彈回去。

「晚安（^_^）！愛妳喔！」

回到房間後，沙代發現健太郎傳了簡訊來。

從交往到現在已經兩年半了，健太郎對自己的愛卻一點都沒變。

沙代回覆完健太郎的簡訊之後，就直接倒在床上。

帶著滿滿的情緒，沙代靜靜地閉上眼睛。

緊緊握著手機，沙代在不知不覺間進入夢鄉。

「沙代也會去吧？」

距離耶誕節越來越近，身邊的朋友們開始熱烈討論起健太郎他們當天的飆車活動。

「哦……會啊！健太郎也叫我去看看。」

「真好耶！我看，我乾脆也跟廣也表白好了。」

明美看著早就獲得大家公認為情侶檔的沙代和健太郎，心中無比羨慕。

沙代的死黨明美，暗戀著健太郎的朋友廣也。

「一點都不好。就因為今年也要飆車，所以我們很晚才能碰面。」

沙代嘟著嘴，忍不住抱怨。

「可是，他騎車的樣子真的很帥耶！而且他對沙代那麼好，別不知足啦！」

明美開心地笑著說。

「就是說啊！況且，小健很受歡迎，對吧？可是他卻從來沒搞劈腿，對沙代可專情得很呢！」

看沙代還是一臉不開心，好友由加也微笑著說。

沙代雖然不情願，還是點點頭同意了。

就在這時……

「就是說嘛！人家笠井多喜歡沙代啊！」

沙代背後突然傳來一陣妖裡妖氣的聲音。

「健太郎！」

沙代一轉過頭，就看到揚起嘴角對自己微笑的健太郎。

「被你嚇了一大跳！不要這樣忽然冒出來啦！」

看他裝成女生的聲音跟大家開玩笑，明美她們被逗得哈哈大笑。

「結束了嗎？老師說什麼？」

沙代倏地站起身，問著健太郎。

「哦哦——就叫我把頭髮顏色弄回來啊！還講了一大堆什麼不要再蹺課之類的話啦！」

久久才在學校露一次臉的健太郎，被級任導師叫去教職員辦公室談了好一陣子。

沙代拿起鞋子，跟明美她們道了再見。

然後，沙代就跟健太郎一起放學回家。

「他們倆真配耶……」

明美凝望著兩人的背影，不由得低聲感嘆。

「沙代跟健太郎在一起就好像是很理所當然的事情一樣，就像空氣一樣那麼自然。」

同樣也是望著他們倆背影的由加，心有所感地回答。

沙代和健太郎，在同年級之中是相當顯眼的一對。

明美和由加比任何人都還支持、認同他們倆。

耶誕節當天——

「應該快經過了吧？」

沙代和明美、由加，三個人聚集在健太郎他們預計會駛過的路口等待。

四周還有許多跟她們一樣，也在等著那群男生經過的一大群女孩們。

其中還有幾個喜歡健太郎的人。

沙代遠遠望著那些興奮等待的女孩，不由得低垂目光。

「啊！來了、來了！」

相對於故作平靜的沙代，身邊的明美突然興奮地跳了起來。

一瞬間，眾人的視線全集中在前方同一點。

在一陣震耳欲聾的噪音聲之中，出現了逐漸接近的機車車隊。

沙代連忙尋找健太郎的身影。

就在車隊經過眼前的一瞬間，健太郎的身影映在沙代眼底。

只見強風吹得他的頭髮翻飛，雙眼閃爍著光芒。

那張神采奕奕的側臉，跟平常兩人獨處時完全不同。

沙代被他散發出的魅力深深吸引，甚至忘了要閉起因驚訝而張大的嘴巴。

「好帥哦！真的太帥啦！果然還是廣也最帥啦！」

當車隊通過後，在激動鼓譟的人群中，明美顯得興奮異常。

由加看著明美的模樣，不由得感到可笑。

而一旁的沙代則細細溫習著健太郎剛剛的英姿，嘴角不自覺地泛起一絲欣喜的微笑。

「健太郎同學，報到！」

三個小時後，出現在沙代家門口的他，又恢復成平常那個天真單純的男朋友。

「……現在已經是二十五號了啦！」

沙代瞇著眼，直瞪著健太郎看。

「沙——代！」

健太郎慌張追著快步走在前面的沙代。

「對不起嘛！沙代。」

看著健太郎牽著學長的機車，在背後緊跟著沙代討她歡心的模樣，由此真的可以感受到健太郎對女友的重視。

「拿去！」

沙代背對著健太郎，直接從大衣口袋裡掏出一個細長形的小紙盒，直接

遞給他。

看到面前突如其來出現的耶誕禮物，健太郎驚訝地睜大了雙眼。

「謝啦！」

他笑容滿面地接過禮物。

「可以打開嗎？」

看他一臉欣喜，沙代也坦率地點點頭。

健太郎當場拆掉綁得漂亮的緞帶。

盒子裡躺著一條銀色項鍊……

還有一張小卡片。

健太郎溫柔地看著卡片，接著輕輕地把項鍊戴到脖子上。

「謝謝……我會好好珍惜的。」

健太郎的手心輕輕握著刻有兩人姓名縮寫字母的項鍊。

「我也準備了禮物。」

他從機車置物箱中拿出一個小盒子，隨即拆開緞帶。

「喂……哪有送禮的人自己打開禮物的啦！」

沙代連忙伸出手要搶過禮物。

健太郎摟著沙代的腰，將她拉近到身邊，輕輕給她一吻。

「沒關係啦！妳閉上眼睛。」

沙代面對他不尋常的舉動，忍不住皺起眉頭，但還是乖乖地閉起眼睛。

接著，健太郎又輕輕拉起沙代的左手，把她的手套慢慢脫下來。

……一接觸到從健太郎冰冷的雙手傳來的體溫，沙代胸口一緊。

「好了沒？」

沙代迫不及待地問著。

「還——沒。」

健太郎笑著回答，故意想逗沙代。

然後，沙代覺得一陣冰冷的觸感滑過左手無名指。

「咦？健太郎？」

沙代當然立刻就知道那是什麼。

「耶誕快樂！」

看到沙代驚喜的表情，健太郎滿足地在她耳邊低語。

「眼睛……可以張開了吧？」

沙代的聲音聽來充滿喜悅。

「還——沒。」

沙代急著想看看，但健太郎卻耍壞心眼，故意讓沙代又等了一會兒。

「什麼嘛……」

沙代說完，氣得嘟起嘴巴，但健太郎卻又湊上嘴，送上輕輕一吻。

當健太郎的嘴唇離開時，沙代的眼睛也自然而然地隨著睜開。

「啊！不行啦！妳怎麼可以隨便張開眼睛呢？」

眼前的健太郎，用溫柔的表情，對著自己咯咯大笑。

沙代緩緩低下頭，看著左手。

只見無名指上有一枚銀色戒指，上面鑲著可愛的粉紅色小鑽。

沙代的喉嚨頓時像是鯁住似的，完全無法呼吸。

她的雙眼忍不住泛起淚水。

「謝謝……」

沙代羞怯地笑著，接著抬頭看向健太郎。

「我們要永遠在一起喔！」

健太郎說完，便小心翼翼地把沙代擁入懷中，就像是對待一件易碎的寶貝一樣，輕聲地對她說著。

這是他們中學生活的最後一次耶誕節。沙代在健太郎懷中，體會到前所未有的幸福。

騎著機車奔馳的健太郎，看起來比任何人都耀眼、帥氣無比。

然而，現在緊擁著自己的健太郎，也是全世界……最棒的情人。

好想一直這樣下去。
沙代真希望，這幸福能持續到永遠。

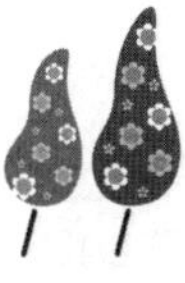

約定

「最近還好嗎？要乖乖用功哦！（ˋOˊ）」

時值高中入學考試前的寒假，必須乖乖在家念書而沒辦法出門的沙代，收到健太郎傳來的簡訊。

「我覺得已經快瘋啦！（＋_＋）」

沙代面對著攤滿書桌的筆記本，回覆健太郎的簡訊。

「考完試之後，一起出遠門玩吧！（ˊ_ˋ）σ」

看著健太郎為自己加油打氣的簡訊，沙代深深嘆了口氣。

「唉——」

每天都被這些還沒讀熟的書追趕著。

加上見不到健太郎，沙代心裡不斷累積著壓力。

沙代攤開雙臂，伸了伸懶腰。

「好想健太郎喔……」

沙代喃喃自語，不經意抬頭望著左手上的無名指。

耶誕節過後，健太郎在除夕夜的飆車活動之後也有來找她，兩人還一起去廟裡拜拜。

這是兩人共度的第三個新年，但現在的感覺卻比去年還更加幸福……

沙代忍不住想像著，明年的自己一定會更幸福的。

「唉，再拚一下吧！」

沙代說完又坐回書桌前，繼續與書本奮戰。

「沙代，爸爸今天去打高爾夫球了……這麼久沒出門，妳要不要出門去透透氣？」

對女兒相當寵愛的母親，悄悄打開沙代的房門，輕聲地對她說。

「我看……爸爸大概打完球後還會去喝酒，妳就趁這個機會找小健出去走一走吧！」

看著這陣子女兒整天被關在家裡，母親體貼地允許沙代外出。

沙代的爸爸在公司裡擔任主管，有著典型的頑固個性。

因此，在入學考試結束之前，爸爸是不可能允許她外出的。

更何況沙代要去見的，是他開口、閉口都罵著「不良少年」的健太郎，

所以他更是絕不可能答應的。

正因為這樣，當沙代聽到媽媽意想不到的恩准時，高興得當場跳起來。

「健太郎！我們待會兒碰面吧！」

她趕緊打了電話給健太郎，接著快速地準備了一下，就飛也似地衝出家門。

「沙代！」

健太郎也因為隔了好久才又與沙代見到面而感到激動，滿臉笑容地趕了過來。

而騎著機車駛來的健太郎，從外表穿著就知道他也是在慌張的情況下出門的。

健太郎身上的衣服縐巴巴的，還有頭髮……根本就像是剛剛才睡醒一樣亂翹。

不過，在沙代眼中，健太郎這種不修邊幅的樣子反而給她一種說不出來的可愛感。

「你的衣服也太縐了吧？」

沙代邊說邊幫健太郎整理衣服。

「衣服怎樣都無所謂啦！因為我根本沒想到我們居然可以碰面耶！」

健太郎就像是開心迎接主人回家的小狗，露出一臉滿足的笑容。

「要去哪裡？要去哪裡？」

看他滿心歡喜、興奮不已的樣子，讓沙代一時覺得胸口一緊，超捨不得的。

「嗯——我想想……啊！去海邊！」

「什麼？這麼冷的天氣妳要去海邊？」

聽到後座沙代的提議，健太郎顯然有些意見。

「沒關係！就去海邊！」

沙代無視健太郎的抗議，又強調了一次。

「妳真任性耶……拿妳沒辦法，那我們就往『冷得要死的海邊』出發吧！」

健太郎語帶挖苦地說著，接著有點無奈地發動引擎出發了。

平常沙代坐機車時是不會特別抱著他的。

不過，沙代今天卻緊緊環抱著他的腰。

小別重逢的喜悅，讓沙代忍不住開心地笑了。

沙代把臉埋在健太郎背後，像是要掩飾自己心中的喜悅似的。

兩人到了海邊，把機車停好，開始散步。

健太郎說著在這段無法見面的時間裡，自己都做了哪些事。

沙代也述說自己在這段時間裡無法見面的無奈心情。

兩隻緊緊交握的手，就像幼稚園的小朋友一樣，兩小無猜地邊走邊晃……

「真的很冷耶！」

冰冷的海風吹來，讓沙代忍不住冷得縮成一團。

「就跟妳說吧！要是沒有我的話，妳一定會感冒的。」

健太郎說著，一把緊緊抱住沙代。

「你還真是……討人厭的男人耶！」

沙代在他的體溫包覆下，邊笑邊說。

「還不都是因為沙代，我才會變成討人厭的男人。」

「什麼嘛！」

海面上倒映著冬季的天空，那顏色實在稱不上美麗。

不過，健太郎懷裡卻是那麼溫暖……

健太郎和沙代兩人就這麼靜靜地度過這段無可取代的時間。

灰色的雲朵漸漸化為夜色。

「再不回去的話，伯父就要回家了……」

健太郎的語氣中透露著一絲落寞。

兩人又要好一陣子見不著面了……

沙代低頭不語，只是把手伸到健太郎背後，緊緊抓住他。

「我考不上高中，覺得沙代有辦法用功念書，實在太了不起了。所以，我也會努力等妳考完，妳也要加油喔！」

健太郎溫柔撫摸著沙代的長髮，低聲呢喃。

那是很難想像的……認真的眼神。

「等妳考完試，我們再好好想想要去哪裡玩吧！」

他露出滿臉笑容，輕輕捏了沙代的臉頰一把。

「嗯……不准劈腿喔！」

沙代努力掩飾寂寞的心情。

「好……妳也別太拚喔！」

健太郎說完，先站起身，對沙代伸出手。

兩人拖著沉重的腳步……慢慢往前走。

沙代為了甩開孤單的情緒，勉強自己想些開心的事。

「嗯——那去迪士尼樂園？」

「咦？要跑到東京哦？」

「那去沙漠。」

「為什麼要去沙漠啦？」

兩人在通往停車場的路上，淨聊著這些無聊的話題。

坐上機車，健太郎發動引擎。

但沙代一點都不想上車。

沙代難過地凝視著健太郎。

「過來。」

健太郎察覺到沙代溫柔的目光，伸手摟過沙代的頭……輕輕地送上一吻。

回家的路上，烏雲滿布的天空被染得一片漆黑。

就跟剛才來時一樣，沙代摟著健太郎的腰，把頭靠在他的背上。

「我愛你……」

沙代說出心中對健太郎那份澎湃的愛戀。

「什麼？」

沙代的話被引擎聲掩蓋住，健太郎轉過頭來想聽清楚一些。

「我說，我愛……」

沙代咯咯地微笑著，打算重新再說一次。

就在那一瞬間，一道強光遮住了邊轉過頭、邊騎著車的健太郎。

一切都發生得太過突然。

巨大的聲響在耳邊響起，眼前的景致急速變換……一切都快得讓人看不清楚。

沙代只覺得在一股強大力量的壓迫下，全身動彈不得。

「好痛……」

在無預警的衝擊下，沙代完全搞不清楚發生了什麼事，她只能摸摸自己碰到地面的頭。

接下來，眼前的景象讓她嚇得目瞪口呆。

一輛保險桿已經凹陷的小客車，橫撞上路邊的圍欄，就堵在道路的正中央。

而健太郎就倒在小客車旁邊。

只見健太郎的頭部流出汨汨鮮血，全身滿是傷痕。

「健……太郎？」

沙代忍著右側膝蓋的疼痛，趕緊跑到健太郎身邊。

然後，看著他臉上沾染的黑色液體，沙代害怕得伸出手。

「不會吧？喂……醒醒啊……健太郎？」

無論沙代怎麼呼喚，健太郎都沒有醒來。

沙代強忍著劇痛，不停用力搖晃著他的身體。

但是，健太郎的雙眼……
始終沒睜開。

騙子

在湊熱鬧觀看車禍的一大群人當中，一名男子叫了救護車。

「有沒有哪裡受傷？」

一名陌生人搖著沙代的身體問道。

她根本顧不了自己的狀況。

「怎麼搞的……車禍嗎？」

當救護車抵達時，周遭似乎比剛才聚集了更多人。

沙代在眾多目光的注視下，一次又一次呼喊著健太郎的名字。

但是，他只是沉重地躺在那裡，連聲音也聽不見。

看著他被抬進救護車，沙代只能茫然地望著，就像看著電視節目中的某個場景一樣。

救護車震耳欲聾的警笛聲揮之不去，讓沙代的思緒更加混亂。

救護車裡，幾雙熟練的手正在為沙代進行緊急處理。

在這些人眼中，以及剛才湊熱鬧的人眼中，這或許只是常見的車禍吧？

健太郎被幾名救護人員團團包圍，沙代看不清楚他現在的樣子。

在一大串聽不懂的言語所組成的對話中，沙代一面顫抖、一面從人群縫隙間望著健太郎。

「健太郎！」

當兩人被送到醫院時，健太郎……卻已經嚥下最後一口氣。

「不要啊……啊……」

在一片漆黑的房間裡，沙代茫然地愣在原地。

健太郎的母親在沙代面前，哭得傷心欲絕，整個人幾乎崩潰。

而沙代第一次見到健太郎的父親。他靜靜佇立，臉頰上滑過一道淚痕。

沙代很幸運地只受到了輕傷。

但是，這就像是做了場噩夢一樣，她完全無法思考。

沙代慢慢走近躺在床上、狀似沉睡的健太郎。

不見血色的雙唇，失去呼吸、一動也不動的身體。

「健太郎……」

沙代嘶啞地呼喊著。

她舉起微微顫抖的手，輕輕握住健太郎的手。

……她只覺得手中一陣冰冷。

感受到那股冰冷觸感的瞬間，沙代情緒崩潰，雙眼泛滿淚水。

「怎……怎麼這樣？剛才……不是還在對我笑的嗎？」

沙代用雙手摸著健太郎已顯蒼白的臉。

「剛才……還是暖暖的啊！為什麼？」

沙代像是變了個人似的，抓住健太郎冰冷的身體，大哭大叫著。

不管碰哪裡，他全身上下都是一片冰涼。

沙代拚命叫喚著，健太郎卻不肯起來。

「為什麼……」

她伸出拇指，緩緩撫過健太郎蒼白的雙唇。

滑過下巴的淚水，一滴滴落在白色床單上。

沙代緊緊抓住健太郎的肩膀，整個人哭倒在他身上。

沙代的淚眼中，還浮現健太郎幾小時前的笑臉。

她的臉頰緊緊貼著健太郎的身體，然而……卻再也感覺不到剛才的體溫。

在這個瀰漫著冷冽空氣的房間裡，健太郎的母親和沙代哭到聲嘶力竭。

即使在自己的眼前死去，她的身體卻仍然記得他留下來的體溫。

健太郎的父親擁著哭倒的母親先行離開，辦理接下來的各項手續。

沙代在走廊上的長椅坐下，讓失神的肉體暫時有個依靠。

「沙代！」

忽然，她聽到走廊另一頭傳來呼喚聲。

沙代一抬起頭，看到一臉驚慌、飛奔而來的父母。

「……小健呢？」

媽媽一來到她身邊，連忙大聲問道。

沙代什麼話都沒說，只是默默地看著媽媽的臉。

……啪！

一隻手掌突如其來地往沙代的臉頰揮了過來。

沙代被爸爸狠狠打了一個耳光。

「孩子的爸！」

只見媽媽連忙拉住爸爸的手。

「回家了！」

爸爸話一說完，便用力拉起沙代的手臂，轉身就想離開。

沙代對爸爸的舉動氣憤不已，一把甩掉他的手，又坐回長椅上。

「快給我站起來！」

爸爸又抓起沙代的手臂。

「放……放開我！你很奇怪耶！健太郎……健太郎他死了！」

沙代像是發了狂似的，逃離父親身邊。

然後，沙代像是瘋了一樣開始大吼大叫。

爸爸雙眼通紅，靜靜瞪著沙代。

「……隨妳便！」

爸爸氣得七竅生煙，丟下一句話就自己掉頭離開。

之後，媽媽在沙代身邊坐下，靜靜地流著眼淚。

母親一邊啜泣、一邊所說的話，完全傳不進沙代的耳裡。

沙代只是一臉茫然，不停地哽咽啜泣。

「欸，沙代。」

……健太郎。

「沙代，我喜歡妳。」

……健太郎。

「沙代！」

「我愛妳。」

……健……太郎。

「我們要永遠在一起喔！」

……怎麼可以丟下我一個人？

你明明說過……

我們要永遠在一起的。

那天夜裡，沙代在被窩裡暗自哭泣。

淚水彷彿永遠沒有流盡的時候……

沙代完全不認為健太郎已經不在了。

只要到了明天，他一定又會和平常一樣說：「早安。」

她的喉頭一陣苦澀，完全無法呼吸。

她已經分不清自己到底流了多少眼淚。

烙印在眼裡的健太郎，還是露出一臉燦爛開朗的笑容。

「對不起啊……那孩子，一直把自己關在房間裡。」

兩天後，聽聞健太郎死訊的明美和由加，一起來到沙代家中。

沙代的母親表情嚴肅地對兩人道歉。

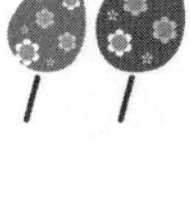

「這樣啊……那好吧！」

兩人輕輕向沙代母親行禮示意，有些落寞地走出玄關。

「沙代……」

明美和由加走出沙代家之後，難過得抬頭望著沙代的房間，不知道該說什麼才好。

「沙代……明美和由加剛才來家裡看妳了喔！」

母親走到沙代房門前，小心翼翼地輕聲對她說。

「……沙代？」

房裡沒有任何回應。

母親又叫了她一聲。

但是，沙代依舊沒有回答。

「……沙代？」

母親的臉色漸漸變得凝重。

她察覺沙代房門那一頭的狀況有異，連忙伸出手扭開門把。

「啊……沙代！」

母親一進到房間，看到剛剛似乎才大哭一場的沙代，現在正一臉茫然地盯著天花板。

……沙代手上拿著一把紅色剃刀。

只見沙代另一隻手的手腕上流出一滴滴暗紅色、濃稠的血液……全落在棉被上。

「妳……沙代！」

母親大驚失色，直奔到沙代身邊。

一臉蒼白的母親淚流滿面，趕緊抱起沙代將她送醫。

沙代順利地接受了救治，所幸沒有生命危險。

坐在返家的計程車裡，母親緊緊咬著嘴唇。

她凝視著女兒沒有表情、茫然的雙眼。

一回到家，關上家門之後，媽媽突如其來地給了沙代狠狠的一巴掌。

不料，沙代挨了一巴掌，卻連頭也沒抬起來一下。

「沙代……妳還活著啊！」

媽媽緊緊抓住沙代的肩膀，奮力地對她說明，像是要說服她一樣。

但是，沙代就像行屍走肉似的，一句話也沒說。

「……妳要好好活下去啊！」

媽媽更加用力地握住了沙代的肩膀。

這時，一直面無表情的沙代，臉上忽然出現了變化。

再也無法忍住的淚水奪眶而出，沙代的臉也同時脹得通紅。

「活下去……」

永遠都是那麼開朗的媽媽，第一次露出這樣悲傷的表情。

沙代放聲大哭。

倒在媽媽懷裡，沙代將所有感情，一次宣洩釋放。

那天夜裡，沙代在房間裡凝視著手機。

健太郎傳給自己的文字……

她靜靜地，一個字、一個字地讀著。

然後，她又看著桌上放著的那個東西。

「這個，是那孩子戴在身上的……項鍊……我發現上面寫了沙代的名字……」

為健太郎守靈的那一晚，健太郎的母親一臉憔悴，輕輕地把項鍊遞給沙代。

那是沙代前一陣子才送給他的耶誕節禮物。

沙代拿起項鍊，戴在自己頸子上。

……健太郎臉上不經意露出羞澀的笑容。

她雙手捧著項鍊，想起當時健太郎欣喜萬分的表情。

一瞬間，原本以為已經流乾的淚水，又再次浮上沙代的眼眶。

……健太郎溫暖的體溫、一頭細柔的金髮、纖長卻強韌的手指。

寬廣的臂膀、溫柔的親吻。

健太郎溫柔地凝視著自己的認真眼睛……

還有常常掛在他臉上的笑容。

……她愛著健太郎的一切。

好愛、好愛他。

沙代低頭看著經過治療包紮的手腕。

她原本心想，只要血都流光，就能死了……

「健太郎，我……連你身邊……」

為什麼呢？

「……都去不成了……」

為什麼，你留下我一個人走了呢？

第2章

記憶

存在

距離健太郎過世，已經過了一個星期。

時間若無其事地一分一秒經過，似乎訴說著人的性命是如此微不足道。

新學期還是照常開始了，就這樣，一天一天過去了。

「妳要到什麼時候才肯上學？妳還要考高中耶！」

爸爸站在房門前，對著房裡的沙代說話。

沙代什麼也沒回答，只是躺在床上動也不肯動。

爸爸完全不把健太郎的死當成一回事。

他的這種態度讓沙代心中充滿怨恨，因此就算在家裡與爸爸擦肩而過，

她也會裝作沒看見，甚至還刻意避開他。

「……沙代啊！學校老師很擔心妳呢！妳那些朋友也天天都來……」

「知道了啦！我明天就去上學。」

那天晚上，剛洗好澡的沙代，面對一臉擔心的媽媽，如此回答著。

沙代有些憂鬱地回答著。

其實，學校什麼的……她根本一點都不在乎。

完全無所謂了……

不論發生什麼事……都無所謂了。

「沙代！」

隔天早上，看到好久不見的沙代終於上學，由加不由得驚呼。

在前往學校的路上，好幾個學生對沙代投以同情的眼光。

「好可憐喔！」

「那是他女朋友吧？」

這些人全都一副事不關己的態度。

在眾人同情的目光下，沙代的表情顯得相當僵硬。

「不要緊嗎？可以出門了嗎？」

沙代剛把書包掛在書桌旁，就聽見明美關心地問候她。

沙代對明美露出淡淡的微笑。

她假裝什麼事都沒有發生過，只是迎接一天的開始，一如往常地上課。

明美跟由加始終跟在沙代身邊，就像是在保護她免於遭受那些奇怪目光的騷擾。

沙代故作平靜地聽課。

但是，所有聲音卻都無法傳進腦子裡。

站在講台前的老師、望著黑板的同學背影，這些在沙代眼中全都成了一道道模糊的影子。

一到下課或午休時間，那些喧鬧的笑聲，則成為震耳欲聾的噪音。

瞬間，她忽然發現，自己的校園生活有絕大部分都圍繞著健太郎打轉。

「井上！」

放學後，正當沙代要離開教室時，級任導師在後面叫住了她。

「在大考前遇到這種事，一定很痛苦……但妳還是要加油喔！」

老師用複雜的表情對她這麼說。

沙代聽到這句話，忍不住咬緊了牙。

……大考、大考！

不論是爸爸或老師，都把大考看得比健太郎的死還要重要。

……討厭！

她對所有人都感到厭惡極了。

沙代狠狠地瞪了級任導師一眼，什麼話也沒說就掉頭走開。

「沙代，回家吧！」

明美和由加在鞋櫃前叫住沙代。

兩人十分擔心沙代，心中暗暗決定絕不讓沙代一個人落單。

這樣的關心卻讓沙代的心裡泛起一陣苦楚。

兩人靜靜看著佇立在原地不動的沙代。

這時，一陣刺耳的引擎聲劃破三人之間的沉默氣氛。

沙代三人循聲看著校門外。

騎著機車呼嘯而過的，是二年級的學弟們。

「廣也他們不再飆車了，說是不能讓小健……白白犧牲。」

看著那群人，明美低聲說道。

沙代看著騎著機車飛馳而過的那群人，忍不住又想起了健太郎。

「欸，飆車真的那麼有趣嗎？」

跟健太郎剛開始交往時，沙代有一次不經意地問過他。

「嗯？嗯……因為飆車的感覺很爽啊！一開始也不能算是興趣啦……好像只是為了飆車而飆車，不過啊，現在……我真的很喜歡喔！」

健太郎邊說邊露出一臉天真的笑容。

她想起當時自己就像是被迷住了似地看著健太郎的那張笑臉。

她最喜歡健太郎騎著機車奔馳時，臉上那神采飛揚的表情。

三個女孩啞然無言，只是靜靜凝視著校門口的那群人。

「喂！你們幾個，快停下來！」

幾名老師突如其來地一面吼叫、一面衝到校門口。

響亮的喊叫聲讓沙代回過神來，於是她繼續往前走去。

「還不快下來！」

幾名學生像在奚落老師似地繼續騎著車，但老師們雙手張開，站在他們前方，打算擋住機車的去路。

「你們幾個也想死嗎？」

其中有一名老師大聲喊著。

沙代一聽，不自覺地停下腳步。

她發現自己拿著書包的手心已經滿是汗水。

「沙代……」

由加憂心地看著緊緊咬著嘴唇的沙代。

沙代緊咬著牙，朝著那名老師走去。

「快停車啊！」

老師拚命想阻止那幾個飆車的學生。

「……別這樣！」

沙代站在那名老師身後，低著頭喃喃說道。

「什麼？」

那名老師依舊雙手張開，轉過頭來反問。

「……請別這樣說健太郎！」

沙代忍了好久的淚水，隨著憤怒一起爆發出來。

「……井上，妳聽我說……」

「別再說了！你們這些老師根本就不了解健太郎！」

沙代拿起書包丟向老師，氣得轉身離開。

「沙代！」

由加連忙緊追在她身後。

「真差勁……」

明美撿起掉在地上的書包，冷冷地瞪了老師一眼。

沙代兩手空空地拚命向前跑。

不論是爸爸、老師，還是大家，全都不把健太郎的死當作一回事。

所有人都認為那只是一個愛飆車的少年發生車禍身亡。

還有那些把自己的事情當作茶餘飯後的話題，到處散布傳言的學生，她都……好恨、好討厭！

……好討厭！

最後的思念

「……沙代。」

由加緊追著像是瘋了似的沙代，用複雜的表情叫住她。

「我知道……我都知道！」

沙代就好像要打斷由加的話一樣，大聲回答著。

「妳的書包……」

從後面追趕上來的明美，上氣不接下氣地把書包遞給沙代。

「……我好想他。」

沙代雙手掩面，忍不住落淚。

由加在一旁靜靜地看著她顫抖的雙肩。

明美緊緊閉上眼睛，不捨地咬著牙。

「沙代，對不起……我們什麼也沒辦法幫妳。」

明美睫毛上的一滴淚水，輕輕地掉落在地面上。

沙代跌坐在原地，忍不住放聲大哭。

在被夕陽染紅的天空下，在這條人煙稀少、一片寂靜的小路上，迴盪著沙代聲嘶力竭的哭喊。

沙代身邊的兩位好友對自己的無能為力感到懊惱。

但就算再怎麼大喊著想見他，健太郎也不可能飛奔到她身旁。

已經……再也見不到他了。

接下來的日子，就像被激烈的浪潮推著走似的，一天接著一天。

周遭的同學都以高中入學考試為目標，奮力往前邁進。

然而，沙代的心卻還停留在那一天。

季節交替更迭，一切都不過是一眨眼的時間。

「井上……」

某天放學後，沙代在學校走廊上等著接受畢業後的升學諮詢時，一名男同學走了過來。

沙代聽到這個聲音，原本低垂的頭忽然抬了起來。

「阿廣……」

眼前出現的，是健太郎從小學就結識的好朋友，也是明美單戀的對象，廣也。

「來做升學諮詢嗎？妳要考哪一所高中？」

廣也原本一臉認真的表情上，露出一絲親切的笑容。

「……相羽。」

沙代盯著手上的資料，低聲回答。

廣也一聽到這個校名，臉上的表情頓時又顯得複雜起來。

然後，廣也似乎欲言又止，最後咬了咬嘴唇……避開沙代的目光。

「這樣啊……」

廣也無法直視著她。

這時，剛好有一名學生打開教室大門，打破了兩人間那股尷尬的氣氛。

「接下來輪我啦……」

沙代故作一臉輕鬆的樣子，走進教室裡。

廣也也向她揮手告別。

「以妳的實力，別說是相羽了，就算是分數再高一點的學校也考得上吧？」

級任導師看著資料問道。

「……我就想讀相羽。」

沙代面無表情，口氣冷靜地回答。

「這樣啊……好吧！那妳只要維持下去就沒問題了。」

老師在資料上蓋了個章，對沙代笑著說。

沙代低垂著雙眼，什麼也沒說。

「廣也！有事嗎？為什麼站在我們班的門口？」

和由加一起等待沙代的明美，一看到廣也就衝了過來。

「哦，嗯。」

廣也回過神來，抬起頭。

兩個女生互相對看了一眼，又看看廣也。

「結束啦？」

結束了十五分鐘的升學諮詢之後，沙代一走出教室，由加就親切地問她。

「嗯。不好意思，讓妳們等這麼久。」

沙代露出一臉開朗的笑容，順手拿起放在走廊上的書包。

「回家吧！」

沙代一面說著、一面快步走下樓梯。

「沙……」

明美露出一臉複雜的表情，正打算叫住沙代——

這時，由加卻伸手拉住明美，阻止了她的舉動。

「這……」

明美質疑地看著由加拉住自己的那隻手。

由加目光低垂，搖了搖頭。

「還是先別說得好……這對沙代來說太難承受了。」

由加表情嚴肅地低語著。

明美皺著眉頭，低頭看著先行下樓的沙代背影。

然後，她抿緊了嘴，無奈地……點了點頭。

「妳們不回家啊？」

沙代在樓梯下大喊。

「我們馬上下去。」

由加高聲回答之後，便衝下樓梯跑到沙代身邊。

留在原地的明美，將剛才廣也一五一十告訴她們的事，偷偷收進內心的最深處。

「我們討論過了。那小子……是為了保護井上。」

當沙代在教室裡做升學諮詢時，廣也一臉嚴肅地對她們說著。

「保護沙代？」

由加不了解他的意思，側著頭反問。

「……如果他為了保護自己而扭動龍頭閃開的話，應該會害井上直接撞上車子。所以，當那小子知道即將發生車禍的那一瞬間，他卻連閃都沒閃，反而正面撞上去……那是為了要保護後座的人。」

廣也閉著雙眼，語氣中滿是悔恨。

「意思是說，小健為了保護沙代……所以寧願讓自己被撞嗎？」

明美驚訝得用雙手遮著嘴。

「因為從他跟車子的距離來看，應該有足夠時間可以閃過才對。以那小子的技術……一定能閃過的。」

廣也低著頭，深深嘆了口氣。

「小健……」

一想到健太郎對沙代的心意，由加便不由得閉上雙眼，嘴角微微顫抖。

明美聽到事情的真相，激動得流下淚來。

健太郎只希望……能讓沙代好好活下去。到生命的最後一刻，他都深深愛著沙代。

「明美？」

「妳在幹嘛？」

其他兩人叫著站在原地不動的明美。

「抱歉！來了、來了！」

明美回過神來，踏著輕快的腳步走下樓梯。

那天晚上，廣也在貼滿一整面牆的照片中，拿下那張他和健太郎的合照。

「……她說她要考相羽呢！你如果還活著就好了……你怎麼可以就這樣死了呢？」

一顆顆淚水滴落在照片上。

「欸，阿廣！那個學校的制服超可愛的吧？」

廣也想起有一次當大夥聚在便利商店門口時，健太郎忽然用力猛拍了一下他的背。

「很痛耶！」

「是哪個學校啦？你在說什麼啊？」

廣也一臉不耐煩地反問，健太郎卻激動地指著店裡的女高中生。

「那是相羽的學生吧？很多女生都說這所學校的制服很可愛呢！」

廣也順著健太郎的目光，一面看著那群女孩、一面回答。

「相羽啊……那身制服……沙代穿起來一定很正啦！」

「你根本就是在炫耀嘛！」

廣也朝健太郎一臉陶醉的臉拍了幾下，也忍不住咯咯大笑起來。

井上一定是想完成那小子的心願……

看著照片，廣也不自覺地皺起眉頭。

「我要考相羽喔……」

另一方面，沙代緊緊握著掛在脖子上的項鍊，喃喃自語著。

她想起剛升上三年級時的景象。

「要考哪所高中呢？好像每一所都不錯耶！」

「相羽！一定要考相羽！」

當沙代拿著級任導師所發的資料，正感到猶豫不決時，出現在身後的健太郎賣力地推薦著。

沙代停下來，沉默地看著健太郎。

「妳一定要選相羽啦！」

看他一臉神采奕奕，不斷說著相羽、相羽的，沙代滿腹狐疑。

「你幹嘛忽然這麼推薦相羽？有什麼特別的原因嗎？」

決定不升學的健太郎，居然會對高中有興趣……實在是太詭異了。

其中一定另有緣故。

沙代心想，不會又是出現別的女生了吧？

她用懷疑的眼光，死盯著健太郎看。

「相羽的制服根本就是為沙代量身訂作的嘛！妳穿起來一定正到爆！」

健太郎滿臉笑容、激動地說著。

健太郎一點也不覺得難為情，那麼肉麻的話竟然這麼簡單地就脫口而出。

沙代則是害羞得假裝聽過就算了。

當時，她故意跟他唱反調，填了其他學校。

不過，就在升學諮詢前一刻，她最後還是決定要念相羽。

健太郎一直想看沙代穿著那身制服的模樣。

雖然他已經看不到了……

每當想起健太郎對自己說過的每一句話，她就覺得好想他。

「健太郎……真的適合我嗎？」

沙代緊緊握住了項鍊。

時效

「沙代！寄來了喔！」

二月底，當沙代拖著凍僵的身體回到家時，媽媽激動地衝了出來。

媽媽手上還拿著一只大信封。

「成績單嗎？」

沙代接過信封，緩緩地、謹慎地打開。

只見通知單上寫了兩個字——「錄取」。

「恭喜妳啦！」

聽到媽媽的道賀，沙代一瞬間卸下了肩上的重擔。

沙代露出安心的表情，大大吐了口氣。

「晚上要煮紅豆飯慶祝！」

媽媽開心地看著錄取通知。

沙代握住成績單的手更加用力了。

「媽媽……我出去一下！」

「咦？沙代！」

不理會媽媽在背後的呼喚，沙代飛也似地奔出家門。

……健太郎，我考上了！

我考上了啊！

「我錄取了喔！」

沙代的身影落在寫著「笠井家之墓」的灰色墓碑前。

「我考上了！」

因為健太郎想看我穿那所學校的制服啊！

還說一定要考相羽才行。

「喂……」

沙代不知道來過這裡多少次了。

不知道這樣對他說過多少話了。

「你開不開心？」

但是，不管說什麼，他從來都不會回答。

她再也聽不到……健太郎的聲音。

「你不是說要出遠門玩嗎？我們要去哪呢？」

永遠都是她在自問自答。

「去迪士尼樂園……還是沙漠？去哪裡都好啦！帶我去玩吧！」

她想起兩人最後共度的那段時光，在海邊散步的那一天。

那張笑容、那股體溫，現在卻已經不再圍繞著自己。

「你回答我啊……」

一滴滴的淚水，奪眶而出。

沙代眼前浮現健太郎最後的身影，卻完全扭曲變形了。

「你答應我的啊！」

沙代在原地蹲下，傷心得哭倒在地。

她顫抖的雙手在冰冷的石塊上印下一道痕跡。

「你死了，這些全都沒意義了！」

你怎麼可以丟下我一個人？

你明明說過會永遠在我身邊的。

結果居然丟下我一個人，自己離去……

實在太過分了。

「……你這個大騙子！」

直到現在，她還記得好清楚。

他的聲音、笑容，還有體溫……她怎麼忘得了呢？

……怎麼都忘不了的啊！

沙代的雙手早已被一滴滴滑落的淚水滲得濕透。

健太郎不在了，就算考上相羽也沒意義了。

再也沒有意義了……

忘不了

「妳是不是常常注意我？」

健太郎第一次跟沙代交談，是剛進國中還不到一個月時的事。

「什麼？」

「妳喜歡我，對吧？」

一名被稱為「問題學生」的男生坐在自己隔壁座位，確實會不小心、好奇得看個幾眼吧？

因為鼾聲停止了，所以沙代不自覺地看了他一下。

沒想到，他卻盯著沙代看。

「才沒有……」

「我們交往吧？」

只見他雙眼通紅，這證明他在幾秒鐘之前還在睡夢中。

他把頭趴在雙臂上，從手臂縫隙間露出來的臉，正掛著微笑。

「我又不喜歡你。」

沙代對他的第一印象是，這個男生也未免想太多了吧？

「妳幹嘛不理我啊？」

「明明就跟其他男生有說有笑的，為什麼就不對我笑？」

幾個星期之後，他賭氣地問著沙代。

「……我討厭你！」

老實說，沙代面對個性直來直往的他，真的有點心動。

從那時起，周遭的人開始覺得笠井健太郎和井上沙代兩個人的關係非比

尋常。

「三班的橋本桃子說她喜歡笠井耶！」

班上的女生跑來跟沙代咬耳朵。

為什麼會有女生喜歡那個厚臉皮又自以為是的男生啊？

沙代的腦子裡應該是這麼想的，然而，此刻胸中卻充滿一股難以言喻的複雜情緒。

面對那種人，自己才不會有任何感覺呢！

但是，越是這樣想，她就覺得越難受。

不知不覺，沙代追逐他身影的次數變得頻繁，而當健太郎跟她說話時，他那直視自己的雙眼以及低沉的嗓音也讓沙代感到莫名地緊張。

「喂，說真的啦！當我女朋友啦！」

即將步入夏天時，沙代已經完全被健太郎吸引了。

於是，當他在體育館後方的飲水機前向她表白時，她乖乖地點了點頭。

……和他交往之後，兩人有好多共同的回憶。

在一次次春夏秋冬的交替更迭中，兩人的感情與日俱增。

她嫉妒那些和他交情不錯的女孩子，所以老是擺出一副不討人喜歡的態度。

兩人也曾經為了芝麻綠豆的小事大吵，甚至差點鬧到分手。

不過，每次健太郎總會在這種時候讓她體會到許多特別的經驗。

那段有笑有淚的日子，沒有任何一刻是虛度的。

她的身邊總有健太郎為伴。

就像空氣一樣，沙代以為那再理所當然不過了。

「要照了喔！」

今天是國中三年生活的……最後一天。

「三、二、一！」

一群好朋友以古老的校舍為背景，一起拍照留念。

「真是的，我就知道妳一定會哭。」

沙代和由加看著愛哭的明美笑著說。

「妳們倆怎麼都不會哭呢？」

明美拿起濕透的手帕，脹紅著臉反問。

「妳們看，是廣也呢！」

由加滿臉笑容，指著在校門口打打鬧鬧的那群男生。

「等一下……廣也！」

兩個好朋友目送明美奔向心儀的男生身邊。

沙代出神地看著眼中的廣也和明美。

望著鏡頭，沙代露出發自真心的微笑。

沙代不禁心想，自己這三年的生活都被健太郎給填滿了。

然而，卻無法留下任何有形的痕跡。

「沙代，我跟妳說……」由加看著沙代的側臉，似乎有話想對她說。

但是，神不守舍的沙代卻似乎沒聽到她說的話。

「最後一天了，我們散散步吧！」

沙代打斷了由加的話，起身離開。

由加見狀，將說了一半的話又吞了回去，勉強擠出一絲笑容。

她用哀戚的眼神，凝視著沙代擺動著雙手，走向校舍的背影。

微弱的光線照進昏暗的校舍、陰涼的走廊，還有安靜的樓梯。

一幕幕懷念的景象就像夢境一般浮現，將每個場景留下的回憶再次刻劃出來。

「對不起嘛……喂，妳還在生氣啊？」

去年秋天，兩人大吵一架的隔天早上，健太郎難得起了個大早，在鞋櫃旁埋伏等著沙代。

「妳手臂怎麼那麼細？妳都吃什麼啊？」

他也曾經邊說邊抓起沙代從短袖制服中露出來的手臂。

健太郎自己的手臂也很細啊！不過倒是有結實的肌肉。

「好像又長高了一點……」

他一年比一年還高。

「我國中畢業以後想出去找工作耶！」

升上三年級之後，有天放學後他們在走廊上聊起未來的計畫時，他的神色顯得有些落寞。

「沒人會過來的，沒關係。」

健美的肌膚、柔軟的頭髮。

兩人曾經好幾次蹺課，躲到體育館後方，度過親密時光。

「不准妳跟其他男生要好喔……」

個性善妒的健太郎，每次一吃醋總愛撒嬌。

每次被他抱在懷中，全身都彌漫著他的氣息。

「沙代！」

他那天真的笑容……還有認真的眼神。

「我喜歡妳……」

才覺得他像個孩子一樣沒定性，下一秒健太郎卻又會像個成熟的大人，守護著自己。

他是沙代第一個愛上的人。她忘不了和他一起走過的日子。

不管是愛與被愛的一切，全都忘不了。……怎麼可能忘得了啊？

健太郎，你現在……笑了嗎？你現在，在我身邊嗎？

「不要哭了，妳笑起來比較可愛啦！」

喂，你不是每次都會伸手幫我擦掉眼淚的嗎？

明明出現在畢業紀念冊上、明明一起歡笑過的，然而，卻沒辦法一起留下紀念……健太郎，我一點都不想離開這裡啊……

〔最終章〕

出發

玻璃之殼

「沙代！太棒啦！我們同班耶！」

沙代在心中想著——健太郎，我穿這樣好看嗎？

這就是你一直想看到的我穿制服的模樣喔！

「真的耶！超開心的！」

一大群新生站在布告欄前面，顯得鬧烘烘的。

其中，沙代和明美兩個人手拉著手、高興得又跳又叫。

「由加竟然留學了，讓人感覺有點孤單呢！」

升上新學校，讓人忍不住雀躍。

但是……

「她一直等到畢業典禮那天才跟我們說，害我真的很難過耶！」

由加到加拿大留學去了。

在畢業典禮結束後的回家路上，由加哭著把這個消息告訴她們兩人，沙代和明美聽到之後一臉愕然，靜靜凝視著她。

因為沙代在失去健太郎之後，整個人變得失魂落魄，所以由加曾經考慮是否要取消留學的計畫。

「不過，她說一年會回來好幾次……而且也會寫信給我們，所以一定沒問題的啦！」

看明美一臉失落的樣子，沙代輕輕拍了拍她的背。

明美緩緩抬起頭，露出微笑。

「我最近偶爾會跟廣也通電話呢！」

走進教室之後，沙代在排定的位子上坐了下來。

「感覺不錯喔！」

「不過，我也不知道對方是怎麼想的啊！」

明美蹲在沙代的桌子旁。

明美的語氣中雖然略顯不滿，但臉上還是浮現出喜悅的表情。

沙代輕聲地咯咯笑著。

「嘿，妳們是哪個學校畢業的？」

突如其來的攀談，打斷了兩人的對話。

兩人停止話題，轉過頭去。

「我們是勝山畢業的。」

說話的是坐在隔壁座位的三個男生。

沙代跟明美相視一眼。

「……中島中學。」

明美略帶疑惑地隨口回答。

「就在隔壁而已啊！嘿，那妳認識這小子嗎？」

面對這幾個不熟卻裝熟的男生的糾纏，沙代冷冷地轉過頭，避開了目光。

五個人裡面，只有三個人在交談。

沙代對他們愛理不理的，就算有人主動找她說話，她也假裝沒聽見。

然而，個性和善的明美卻和他們聊得很熱絡。

沙代用側眼瞄了一下。

和明美聊天的是兩個頭髮染成咖啡色、外表看起來很輕浮的男生。

另外，還有一個靜靜地站在一旁的黑髮男生，他似乎對其他人的互動也沒什麼興趣。

雖然他身上的制服有點邋遢，但給人認真嚴肅的感覺。

此外，他細長的眼角，也給人冷冷的感覺。

「妳也是中島的嗎？」

正當沙代出神地望著那個黑髮男生時，其中一名跟明美聊天的男生，主動跟沙代說話。

沙代卻一臉不耐煩地別過頭去。

「啊，對啊！不好意思哦，沙代她比較怕生。」

明美看到態度冷淡的沙代，趕緊跳出來打圓場。

這時，自始至終都不發一語的黑髮男生忽然開口了。

「真受不了，老是板著一張臭臉，妳以為自己長得很可愛嗎？」

突如其來的這句話，讓沙代生氣地轉過頭來。

「抱歉、抱歉、抱歉！這句話實在太不應該啦！這小子每次都這樣亂講話！對不起喔！」

兩名咖啡色頭髮的男生看到沙代氣得皺起眉頭的樣子，連忙笑著賠不是。

「喂，大野！快道歉啊！」

一名男生試圖緩和緊張的氣氛，但那個叫大野的男生還是繃著一張臉，

完全沒有想跟沙代道歉的樣子。

沙代這下子更氣了，什麼話也不說，開始玩起自己的手機。

鬧脾氣的大野，和心情差的沙代。

明美和其他兩個男生暫時不理他們，在尷尬的氣氛中繼續交談。

從以前開始就不怎麼怕生的明美，一下子就跟他們有說有笑的，氣氛相當融洽。

「對了，你們中島不是有個發生車禍死掉的傢伙嗎？」

「哦、哦，對啊！就是有個不良少年騎機車，然後撞死了嘛！」

兩個男生忽然想到這件事，於是開始談論著這個話題。

一瞬間，沙代和明美的眼前變得一片漆黑。

感覺到氣氛很奇怪的大野，在一旁窺視著兩個人臉上的表情變化。

「真遜耶！」

「應該說，光是無照駕駛就夠白痴了吧？」

那兩人絲毫沒有察覺到任何異狀，還繼續說個不停。

明美看著沙代，不由得瞇起眼睛。

只見沙代眼中充滿悲傷，直視正前方，咬緊了嘴唇。

明美的心跳漸漸加劇。

「沙……」

砰……

明美正準備開口，沙代就用力站了起來，頭也不回地往外跑。

「沙代！」

明美大聲喊住她。

「怎麼了？」

「她身體不舒服嗎？」

兩個男生一臉不解地對望著。

明美用一副快哭出來的表情看著他們。

「……那個死掉的學生，就是她男朋友啊！」

明美低下頭，奪眶的淚水已經爬滿整張臉。

兩個男生頓時說不出話，彷彿時間忽然靜止了。

靜靜在一旁觀察整個狀況的大野，凝視著沙代座位上遺留下來的手機。

飛奔而出的沙代最後在一棵櫻花樹下停下腳步。

她倚靠著壯碩的樹幹，大聲哭喊。

他們居然把健太郎的死當成閒話在談論……

把這件事當成什麼有趣的事……

他們根本不懂，根本完全不了解健太郎……

想到健太郎的死被別人當成談笑的話題，沙代的情緒便幾近崩潰。

「沙代！」

明美看到她之後，連忙跑了過來。

「……為什麼……為什麼他們要說成那樣？」

沙代掛著滿臉淚水，對著明美放聲大喊。

「好了……別再想了。」

現在由加已經不在了，所以明美得更堅強地支持沙代才行。

她緊緊擁抱著沙代。

時間……不停歇地緩緩流逝。

但是，沙代心上的那個缺口，卻始終無法填滿。

飄散飛舞的片片櫻花瓣，全被兩人的淚水沾濕了。

折翼

「沙代也收到了嗎？」

「嗯！收到了。」

一大早，沙代和明美在車站月台上碰面，兩人都帶著滿臉微笑。

兩人手上都拿著相同的淺藍色明信片。

「如果她說已經交到外國男朋友了，那怎麼辦咧？」

兩人邊說邊笑，讀著由加從加拿大寄來的信。

「像是『我給妳們介紹！這是我男朋友約瑟夫』這樣嗎？」

「為什麼是約瑟夫啊？」

在沒什麼意義的閒聊中，明美想著那位遠渡重洋的好友，強忍著心中那份思念。

沙代也緊咬著嘴唇，心有所感地凝望著由加信上的文字。

季節進入初夏。她避開電車內的擁擠景象，望向車窗外一片綠油油的樹林。

剛換上的夏季制服一身雪白耀眼，似乎在為兩人掩飾心事。

「等到中元節連假，我們就可以見到由加了吧？」

「嗯……」

那天在櫻花樹下聽著沙代哭喊，獨自支持沙代的明美，有好多話想對由加說。

就在這時，她不經意地瞥了旁邊一眼。

身邊的沙代在炫目的陽光下瞇著眼，凝望窗外的景致。

打從那天起，沙代便完全不跟班上的男同學交談了。

男生們也因為之前傷害到她而感到愧疚，所以跟她的互動顯得有些尷尬，或者該說不太自然。

其實，就算不交談也無妨。

但明美卻不免心想，這樣下去真的好嗎？

明美不禁嘆口氣，將目光從沙代身上移開。

「早安！」

一到學校，沙代她們才剛走到鞋櫃旁，就有人低聲跟她們打招呼。

兩人聽到聲音之後轉過頭。

站在她們身後的，是唯一還肯跟沙代交談的男生，大野。

沙代愛理不理地換上室內鞋。

「哦，早啊！」

明美看到沙代冷淡的態度，連忙回答。

「我們是搭同一班電車吧？妳們平常都在哪節車廂？」

「呃，是從前面數來第三節吧……」

兩人邊愉快談笑、邊換穿室內鞋，沙代卻還是板著一張臉。

「咦？是第三節嗎？」

明美笑著轉過頭問沙代。

不過，她卻看著別處，沒有回答。

在一陣凝重的氣氛中，讓明美只好對他露出苦笑。

「那……我先走了。」

對話因此而打斷。沙代不等明美，直接掉頭離開。

明美望著沙代的背影，忍不住嘆口氣。

「她以為只有自己是悲劇的女主角嗎？」

同樣凝視著沙代的大野，冷冷地低聲說道。

聽到這句話，明美氣得抬起頭。

「被當成笑話來講，當然不可能聽聽就算了啊！」

大野被明美狠狠瞪了一眼，一臉無奈地走向教室。

健太郎已經過世半年了。

但是，沙代的無名指上仍然留著對他的思念。

她一直不肯敞開心房也不是辦法……

「我去福利社喔！妳先吃吧！」

一到午休時間，明美立刻走出教室。

留在教室裡的沙代從包包裡拿出便當，才要慢慢挾起菜送進嘴裡時，又聽見大野的聲音。

「咦？只有妳一個人啊？」

沙代瞬間皺起眉頭，無視他的存在。

「我說妳啊！知不知道有個詞彙叫作溝通啊？」

大野一臉不耐煩地低頭看著沙代。

聽到這句話，沙代放下筷子，悶悶不樂地回答。

「明美去福利社了……」

「是喔！」

沙代總算回答了，大野卻又一副愛理不理的態度。

這讓沙代一下子又感到焦躁、不悅。

她心想，這個人到底在搞什麼啊？

強忍著差點爆發的情緒，沙代繼續埋頭吃著自己的便當。

在喧鬧的教室裡，兩個人面對面，卻連一句話也沒有說……

其他同學的聲音聽在兩人耳裡，顯得格外嘈雜。

「井上，妳真是個讓周遭朋友擔心的人耶！」

大野先開口打破了沉重的沉默。

沙代皺著眉頭瞪他一眼。

「你到底想怎樣？我有讓你擔心嗎？」

沙代探出身子對他表達不滿。

「我可沒在擔心。」

就算生氣也是白費唇舌，大野只是靜靜邊吃便當、邊回答。

「那到底是誰在擔心了？」

……這傢伙到底想怎樣啊？

沙代火藥味十足地瞪著外表平靜、語帶嘲諷的大野。

沒想到，大野這時卻慢慢轉過頭來，用像要看穿沙代似的雙眼直盯著她看。

「幹嘛？」

大野這副態度讓沙代再也克制不住滿腔的怒火。

「妳這個人還真是差勁，連朋友為妳擔心也沒感覺嗎？」

他冷冰冰地丟下這句話之後，就把吃到一半的便當蓋上，轉身離開座位。

愣在原地的沙代，氣鼓鼓地低頭看著便當……

他口中的朋友……

是說明美嗎？

大野意有所指的那番話，讓沙代不自覺地聯想到明美。

「今天都沒什麼好吃的麵包。」

明美拿著咖啡色的紙袋，跑回正陷入沉思的沙代身旁。

「……沙代？」

明美歪著頭望著出了神的沙代。

「嗯……啊，不好意思，妳回來啦？」

沙代回過神來，勉強對著明美擠出一絲微笑。

「怎麼啦？」

「嗯……沒事。」

沙代沒有把剛才大野對她說的話說出口，只是若無其事地拿起筷子開始吃東西。

然而，沙代卻忍不住心想，自己讓明美擔心了嗎？

同時，沙代腦中開始浮現明美關心自己的模樣。

現在沙代才驚覺，自從健太郎不在身邊之後，她只想到自己。

明美的心情又如何呢？

沙代看著眼前滿臉笑容的明美，忍不住在心裡思索著。

一直以來，明美都支持著自己。

或許，自己對她太過依賴了一些……

大野的那番話，讓沙代心底頓時變得沉重起來。

那天夜裡，沙代輾轉難眠。

躺在床上回想起當初自己遍體鱗傷時，始終守候在身邊的正是明美和由加。

不論是哭倒在路邊，或是承受周遭同情的眼光，無論何時、何地，她們都在旁邊默默支持著自己。

自己或許真的太依賴這兩個好朋友了。

不知不覺以為這些都是理所當然……

沙代掀開棉被坐起來。

抓起旁邊的手機。

沙代坐立難安地撥了明美的手機號碼。

「怎麼啦？」

看著時鐘指著半夜一點，明美接起電話就問。

「對不起……」

沙代一時之間不知該說什麼才好。

此刻沙代只覺得所有的思緒鯁在喉頭，連呼吸都很困難。

「什麼事啊？」

明美搞不懂沙代怎麼會突然跟自己道歉。

沙代再也說不出話，只是陷入無盡的沉默中。

「沙代，妳……還在想著小健嗎？」

明美好不容易開口，緊張得吞了口口水。

聽到這句話，讓沙代感覺更加心痛。

「對不起！我好像……一直讓明美很擔心……」

為了明美她們，自己不能再這樣裹足不前了。

自己到底在幹嘛啊……

沙代咬緊牙根，用左手揪著一綹劉海。

同時，眼眶慢慢泛起淚水。

「……妳在說什麼啊？」

明美也沉默了一會兒。

在恢復平靜之後才低聲說出這句話。

「別再說什麼讓我擔心的話了。就算我為妳擔心，那也是因為妳是我真正關心的人啊……我才不會把心思隨便用在別人身上呢！」

明美柔聲地輕輕說著。

「可是……」

「我要生氣囉！」

又忍不住依賴明美了。

一想到這裡，沙代雙眼立刻浮現大顆大顆的淚水。

「可是……」

沙代還想說什麼，卻被明美低聲打斷。

「我沒有那麼擔心啦！不要再說這些無聊的話了，快點睡吧！不然明天會遲到喔！」

明美輕聲笑著轉移焦點，之後就掛掉電話。
沙代凝望著被掛掉的電話，在複雜的思緒下，閉上雙眼。

明美把手機放回充電座之後，凝望著放在桌上的相框。
在許許多多的照片中，有不少張是依偎在健太郎身邊微笑的沙代。
明美拿起兩人的合照，嘴角忍不住顫抖。
「……你為什麼死了呢？」
不知不覺間，一滴滴淚水從眼睛滑過臉頰。
「小健，這對我來說……太難了啊……能讓沙代真心露出笑顏的，除了小健之外……沒人做得到啊！」
淚水滑到下巴，又滴滴落下。

「要到哪一天……才看得到呢？什麼時候才等得到她真心微笑的那天

……」

明美一面自言自語、一面用手指輕撫著照片上被淚水沾濕的沙代。

幾秒鐘之後，她深深嘆了口氣，把相框放回原位。

「無法讓好朋友恢復精神的人，怎麼可以哭呢？好啦，睡吧！」

明美抽了幾張面紙，用力把鼻水擤乾淨之後，鑽進被窩裡。

「……謝謝。」

隔天，當大野正在跟朋友聊天時，隔壁座位的沙代忽然對他這麼說。

永遠都是一副愛理不理的她，突然出現這種態度，讓大野身邊的男生大吃一驚。

大野則面無表情地看著她。

「什麼事？」

大野一臉冷酷地回問。

「呃……就是……」

沙代心想，哪有什麼事，當然就是昨天那件事啊！

沙代猶豫不決，不知道該怎麼開口。

結果，大野居然忍不住噗哧笑了出來。

沙代一臉驚訝地抬起頭看著他。

「妳這個人還真好笑耶！」

老喜歡和沙代針鋒相對的他，這時竟然咯咯笑了起來。

面對大野突如其來的轉變，沙代頓時顯得非常難為情，只能緊緊揪住一綹頭髮。

沒想到，竟然是這個討人厭的男生提醒了她。

如果再不察覺，說不定她最後連最重要的好友都會失去。

夏天……就快來了。

中元節連假時，由加就會回來。

等到下次見面時，自己一定要笑著對她說：「歡迎回家。」

體貼的定義

「跟妳說，後來我老媽啊……」

「真的、假的？超好笑的！伯母超殺的耶！」

放學後，沙代跟明美一如往常地一起回家。

「對了，沙代，妳最近很常跟大野聊天耶！」

穿過車站剪票口時，明美忽然笑著轉過頭對她說。

「嗯？哦，對啊……他幫了我不少忙啦！」

「發生什麼事了嗎？」

看到沙代開始跟班上男生有所接觸，明美不禁側著頭納悶。

「其實，當著明美的面不太好開口……」

沙代雖然覺得有點尷尬，但還是把之前大野告訴她的那番話，一五一十地說給明美聽。

隔天早上──

「大野，可以跟你講幾句話嗎？」

在一片鬧烘烘的教室中，明美走近坐在位子上跟朋友聊天的大野。

幾個男生看到她臉色那麼難看，都露出一臉驚訝的表情。

明美把大野帶到沒什麼人往來的校舍後方。

「你不要跟沙代亂講話！」

昨天聽到沙代那番話之後她氣到現在，與大野獨處後，明美把滿腔怒火一股腦發洩出來。

「什麼？」

大野靠在牆壁上，大拇指插在長褲口袋裡，皺起眉頭問著。

「你跟她說她讓我很擔心，對吧？你幹嘛多管閒事啊？」

明美大聲怒罵。

大野凝視著她好一會兒，然後慢慢移開目光。

「妳再這樣下去，她就算想振作也振作不起來啦！」

大野的表現跟情緒化的明美完全相反，相較於明美，大野反而語氣冷靜地說道。

聽到他這句話，明美把剛到嘴邊的話又吞了回去。

「她之所以老是在原地踏步，就是因為妳總是這樣在旁邊支持她啊！妳不覺得她也該面對現實了嗎？」

他那雙前所未有的認真眼神，一瞬間刺進明美心中最深處。

跟大野談過之後，明美表情凝重地走回教室。

「妳跑去哪裡啦？」

正跟一群女生交換大頭貼的沙代，看到明美之後笑著問她。

明美凝望著她，想起大野最後跟她說的那句話。

「死掉的人……再也不能復活了，她現在需要的不是逃避現實的角落，而是讓她能面對現實的體貼啊！」

這句話讓明美無言以對。

「……明美？」

看她表情沉重地站著不動，沙代不解地側著頭問。

「呃……哦、哦，沒什麼。啊！我也要一張大頭貼！」

明美故作平靜，不想讓沙代發現自己的心事。

她在心裡告訴自己說：「我比大野還了解沙代啊！我當然會為她著想！」

然而……

「女生真的都很愛拍大頭貼耶！」

「你們男生有時候還不是會去拍！」

看著面前開心說笑的沙代和大野，明美的胸口不由得隱隱作痛。

「呼——累死啦！」

放學後，明美面對癱在面前的英文講義伸了個大大的懶腰。

「辛苦啦！」

「我拿去交了，等我一下。」

期末考不及格的明美說完，一把抓起寫好的複習講義，高興地衝出教室。

沙代微笑目送她的背影，從書包裡拿出一顆糖來塞進嘴裡。

「好酸唷……」

檸檬香味瞬間在口中擴散。

沙代兩手托著臉頰，閉上眼睛。

夕陽暖暖的餘暉照在眼皮上。

窗外隱約傳來操場上學生們嬉戲的聲音。

「妳還沒回去啊？」

空無一人的教室裡突然響起低沉的聲音。

「嗯?因為明美不及格，所以我等她寫完複習講義啊!你呢？」

光聽聲音就知道是誰的沙代，笑著轉過頭。

「我也不及格，所以留下來寫講義。」

大野顯得有些難為情。

那副模樣惹得沙代咯咯輕笑。

「……妳在吃什麼？」

談話之間，大野發現沙代嘴裡有東西。

看著大野一臉好奇地湊過臉來，注視著沙代的嘴，沙代笑著吐出舌頭。

接著，她指了指舌頭上的黃色糖果。

「糖果哦？請我吃一顆。」

「很酸喔！」

沙代放了一顆跟自己嘴裡相同的糖果在他張開得大大的手掌上。

大野把糖果塞進嘴裡，立刻被酸到眼睛緊緊閉起來，一臉苦笑。

沙代望著他那一臉可笑的表情。

她一開始覺得這傢伙實在討厭極了，但交談之後才覺得他其實是個好人。

不知不覺，沙代對大野的態度漸漸改變。

大野什麼也沒說，只是陪著沙代一起等明美。

對他這樣自然的舉動，沙代覺得很窩心。

這時，大野不自覺地將眼神移到滿臉笑容的沙代脖子上。

「妳很喜歡那個哦？我看妳隨時都戴著。」

大野說著，身子稍微挨近了些。

「嗯？」

「鍊子會不會太長了啊？女生戴的應該……」

他突如其來伸出手觸摸沙代那條從不離身的項鍊。

啪！

「……好痛！」

沙代在衝動之下，往大野的手用力地打了一下。

而大野被狠狠打了一下之後，忽然靜止不動。

「那是……」

大野一臉嚴肅地看著沙代小心翼翼緊握的項鍊。

在他被推開之前，就已經看到項鍊上那兩個名字的縮寫。

「……對不起。」

沙代垂著頭，輕聲向他道歉。

大野低下頭，看到沙代左手無名指上閃閃發光的銀戒指。

一瞬間，大野內心深處湧現一股複雜難喻的情緒。

「……對不起。」

沙代不停道歉，全身微微顫抖。

大野看不慣她那副模樣，皺著眉頭把臉別過去。

剛才那股和諧愉快的氣氛一掃而空，兩人之間籠罩著緊張的沉默。

「那條項鍊……也該拿下來了吧？」

大野依然望著別處，冷冷地低聲說道。

沙代眉間一皺，抬起頭看著他。

「……妳要戴到什麼時候啊？」

沙代聽到這句殘酷的話，緊咬著嘴唇，嚥了口口水。

「……要你管！」

她皺著眉頭，語氣中不帶絲毫感情。

此刻，沙代只覺得項鍊在汗水跟體溫的包圍下變得越來越熱。

「戴著那種東西，只會讓妳永遠走不出去啊！」

「什麼叫作那種東西？你又懂什麼？干你什麼事啊？」

兩人激動的大吼，聲音迴盪在鋼筋搭蓋的校舍間，也讓從教職員辦公室輕鬆愉快走回教室的明美，忽然停下腳步。

明美站在門邊，往教室內張望。

「……是不干我的事，但我會擔心啊！」

沙代最後說的那句話，讓大野頓時感到喉頭一陣梗塞。

然而，沙代也因為他接下來的這句話立刻改變眼神。

「是怎樣？你之前都在同情我？」

腦中那些和大野相處融洽的畫面，一瞬間全在憤怒之中完全崩解。

沙代勉強擠出一絲笑容，冷冷地瞪著大野。

「不是這樣啦……」

大野連忙試圖解釋清楚。

就在這時……

「沙代，走吧！」

原先緊繃的氣氛突然被這個聲音劃破。

兩人同時轉過頭，看到一臉嚴肅的明美。

沙代立刻一把抓起書包離開。

「等……妳聽我說啊！」

大野在背後大喊著，但兩個女生卻沒停下腳步。

夕陽餘暉漸漸擴散到教室裡。

「這……什麼嘛！」

一個人留在教室的大野，用力踢翻桌子，深深嘆口氣。

無法背叛

在回家的路上，明美不知怎麼了，變得沉默寡言。

不過，對此刻的沙代來說，這樣剛好可以不用去解釋剛才的情景，心裡反倒覺得輕鬆。

「……我回來了。」

「怎麼那麼晚？晚飯就快好了，馬上就能開飯囉！」

媽媽聽到玄關門關上的聲音，趕緊出來告訴沙代。

沙代低下頭，看到了爸爸的鞋子。

「……我晚點再吃。」

沙代隨口敷衍，也不理會媽媽說的話，逕自走上樓梯。

沙代本來跟爸爸的感情就不是很好。

這半年來情況更加惡劣，兩人幾乎完全不打照面。

沙代想到健太郎過世時爸爸的態度，至今仍無法原諒他。

「……討厭死了。」

她把書包一丟，低聲自言自語。

桌上相框裡的照片是滿臉笑容的健太郎。

健太郎永遠都停留在十五歲……

而自己的年紀卻慢慢增加。

她好想健太郎。

好想……回到過去。

幾天後——

「我今天是值日生，先過去囉！」

午休時間，明美這麼交代後，就先離開教室為接下來的家政課做準備，沙代則看著她的背影，慢慢拿起上課用的課本。

「你要蹺課啊？」

幾個男生站在教室門口聊天。

沙代側眼瞄了一下旁邊。

「對啊！」

大野回了一句，然後就在座位上坐下，完全沒去上課的打算。

平常總是認真上課的他，現在卻露出一副滿不在乎的態度。

沙代知道他是為了自己的事而心情不好。

從那天起，沙代像是排擠他似的，總是刻意避開他。

「電燈要關掉囉！」

班長囑咐著教室裡剩下的幾個人。

沙代也趕緊拿起課本，準備跟上三三兩兩走出教室的同學們。

「等一下。」

沙代背後傳來一陣低沉的聲音。

沙代停下腳步，慢慢轉過頭去。

她發現大野兩眼犀利地瞪著自己。

「……幹嘛？」

沙代就好像被定住了似的，愣在原地一動也不動。

「記得要鎖門啊！」

看到兩個人完全沒有走出教室的意思，班長不耐煩地逕自關掉電燈離開。

「幹嘛啦？趕快講啊！」

上課鈴聲就快響了……

沙代催促著大野。

但是，大野卻始終無言，一句話也沒說。

緊張的氣氛加上他一臉凝重的表情，讓沙代快要喘不過氣。

「你要是沒話說……」

「我喜歡上妳了。」

眼見沙代皺著眉頭準備掉頭離開，大野忽然低聲呢喃。

「……什麼？」

沙代發現自己拿著課本的手不斷冒汗。

大野低著頭，不敢正視沙代的雙眼。

搞什麼？怎麼突然……

怎麼一下子變成這種狀況？

沙代腦子裡一片混亂，失去冷靜的判斷。

「什麼啊……怎麼突然……」

她克制著越來越快的心跳，顫抖的雙唇好不容易吐出這幾個字。

「……我也不知道為什麼。」

大野立刻轉過身去，不情願地回答。

沙代看著大野的側臉，忍不住嘆了口氣。

「幹嘛？又在同情我？」

她一臉不耐煩，語氣輕蔑地反問。

沒想到，大野卻轉過頭來，目光凌厲地回答。

「我哪時候同情過妳了？」

大野的眉頭之間隱隱露出憤怒……

沙代在他的眼神注視下，無處可躲。

「……本來就是同情啊！說什麼擔心我，還說喜歡我……你現在是把我當笨蛋嗎？」

沙代心想，自從健太郎死後，周遭的人對她都始終投以憐憫的眼光。

講的都是一些「好可憐」、「要振作啊」之類的話，反正全都當作事不關己罷了。

那些風涼話……沙代已經不想再聽了。

她把這些日子忍受已久的躁鬱心情一股腦地發洩在大野身上。

然而，大野連眼睛也沒眨一下，冷冷回答。

「同情妳的根本是妳自己吧？」

他的眼神彷彿看透了沙代真正的內心世界。

一聽到這句話，沙代像是被說中心事似的，頓時滿臉通紅。

「我才沒有！為什麼我會……」

沙代惱羞成怒地大吼。

「明明就有。是妳把自己關在殼裡不肯出來的啊！」

大野冷靜地打斷她的話。

沙代愣在原地，緊咬著嘴唇，眼中泛起淚水。

在昏暗的教室中，傳來一陣上課鈴聲響，之後即刻變得一片寂靜。

至於在排放了幾張大桌子的家政教室裡——

「奇怪？沙代呢？」

當上課鈴聲響完之後，明美走回座位，四處張望。

「哦，她好像跟大野兩個人在教室裡喔！大概是想要一起蹺課吧？」

坐在旁邊的幾個男生笑得一副神神秘秘的樣子，聽得出來他們是在挖苦沙代跟大野。

喀嗒……

明美臉色大變，從位子上站起來。

「好了，快點坐好！」

明美正想衝出教室，卻被老師叫住。

她只好百般不情願地回到座位上。

剛才還鬧烘烘的隔壁教室，在上課鈴聲響過之後立刻變得安靜不已，接下來只隱約聽到老師開始上課的聲音。

大野抬起頭，凝視著沙代，而她眼中卻留下一道淚水。

大野別過頭去，嘆了口氣。

「我身上沒帶手帕耶……」

他掏了掏口袋，略帶難為情地低聲說道。

沙代把懷裡的課本放在桌上，從書包裡拿出手帕。

「……女生不是都愛在背地裡抱怨或是說人壞話嗎？因為我遭受這種慘痛的經驗，才會對妳這種直來直往的個性產生好感。」

在沙代的啜泣聲中，大野靜靜說著。

沙代緊緊揪著手帕，仔細聽他說。

「我總是對妳……很在意，看著妳獨自一個人就忍不住為妳擔心。為什麼會這樣？從什麼時候開始？我自己也不知道……但這樣應該就叫喜歡吧？」

他斷斷續續說著。

他那一臉認真嚴肅的表情，讓沙代整顆心揪在一起。

「……這條項鍊，是我送給他的……」

沙代緊握著脖子上戴著的那條項鍊，望著大野。

「……上面刻著名字縮寫，我大概猜到了。」

大野把椅子往後拉，抬頭看著她。

「我真的、真的……很愛他。」

一瞬間，盈滿眼眶的淚水，再次從沙代的睫毛之間滑過臉頰。

「……嗯。」

大野試圖體會她的心情，雙眼凝望著她，邊聽邊輕輕點著頭。

「我說不出自己有多愛他……」

「……嗯。」

沙代回想起她跟健太郎共度的一幕幕幸福時光。

健太郎的笑容、他呼喚自己的聲音，還有……溫暖的體溫。

「我真的……」

不斷湧出的淚水，滑過沙代的下頷……一滴滴落下。

大野凝視著她，嚥了口口水。

接著，他臉色一變，目光低垂。

看著地上一滴滴沙代落下的淚水。

大野再次看著沙代，起身離開座位，走近蹲在地上的沙代身邊。

「……妳不用愛我啊……我也不要求妳對我像對他那樣。」

他猶豫了一會兒，輕輕摟著沙代的肩膀。

「……我對妳真的不是同情，妳能不能……接受我呢？」

大野堅定地擁著她微微顫抖的身子，柔聲問道。

聽到他這句話，沙代輕輕睜開濕潤的雙眼，用充滿依戀的眼神看著前方。

淚光之中，模模糊糊看到大野認真的表情。

「……接受我吧！」

大野再次像是祈求般地在沙代耳邊呢喃。

原本一臉緊繃的沙代，像是接受了大野的心意似的，漸漸和緩。

然而，就在一瞬間，沙代腦海裡卻閃過一幕冰冷的幻影。

那是她最後一次見到的健太郎的模樣。

一個感覺不到絲毫體溫的身體……就像個冰冷的物體。

健太郎陷入沉睡的那張臉，就像烙印一樣浮現在沙代眼底。

剎那間，她忽然睜大了雙眼。

「……不行！」

沙代一把推開大野，激動地搖著頭。

「為……」

「不可以！我不能背叛他啊！」

沙代雙唇顫抖，一臉痛苦的表情，慌亂失措地拒絕了大野。

「這怎麼是背叛呢？他都已經……」

面對眼神凝視著別處、試圖逃避的沙代，大野緊緊拉住她的手。

「別這樣！」

沙代大喊一聲，不讓大野再觸碰她。

眼見她將自己拒於千里之外，大野頓時感到渾身無力。

兩人之間瀰漫著一股尷尬的沉默。

「……對不起。」

沙代最後只說了這句話，就靜靜地站起來走出教室。

聽見走廊上響起她的腳步聲，大野感到十分愕然。

他用力閉上眼睛，靠在背後的桌子上。

「……他都死了，根本不能陪在妳身邊啊！」

那份沒能讓沙代接受的心意，頓時轉為對一名隱形男子的嫉妒。

「……他什麼都不能給妳了啊！」

大野面對沙代惦記的那個人，發洩著心中那股無處可去的激動情緒。

在一片寂靜的教室裡，他閉上眼睛，感覺淚水不聽使喚地湧現。

未來

從那天起，沙代再也沒跟大野交談過。

「哎呀，被甩了喔！」

眼看兩人不自然的互動，其中一名男同學在一旁竊竊私語。

然而，明美聽到這句話時，一臉憂心地看著沙代。

「……沙代。」

「嗯？」

午休時間，明美走近望著窗外的沙代。

「……哦，沒什麼啦！」

面對沙代一副若無其事的模樣，明美什麼話也沒多說。

之後，明美一面聊著無關緊要的話題、一面思索著沙代跟大野的互動，心中感到五味雜陳。

「我回來了。」

沙代進到家門之後，低聲打了聲招呼，靜靜地在玄關脫下鞋子。

媽媽一如往常，開心地跑出來迎接她。

這一天，沙代一樣沒在爸爸面前露臉。

……叩叩。

一陣敲門聲。

沙代從床上爬起來，不耐煩地打開房門。

「沙代，可以跟妳聊聊嗎？」

媽媽有點顧忌地走進沙代房間。

沙代沒回話，自己走到床邊坐下。

「沙代，妳打算一直這樣，再也不見爸爸了嗎？」

媽媽的這句話，讓沙代臉上的表情變得更難看。

「妳如果只是想說這些事就出去啦！」

沙代不耐煩地回嘴，接著就轉過頭、面向牆壁躺下。

媽媽低頭看著沙代，嘆了口氣。

接著又望著她的書桌。

「……小健過世都已經半年了啊！」

她已經有半年沒看過女兒的笑容了。

媽媽拿起桌上那張健太郎笑得燦爛的照片，忍不住感嘆。

沙代隨手拿起枕邊的雜誌。

「……妳知道嗎？當時我告訴爸爸妳想自殺的事，爸爸他……什麼也沒說，只是靜靜地哭了一場。」

媽媽把相框放回桌上，望著女兒一副愛理不理的模樣。

沙代逕自翻著雜誌，擺明就是不想聽的樣子。

「小健死的時候，爸爸還說幸好沙代平安無事……」

「健太郎死了耶！他居然是這種態度。那種人就算是關心我，我也一點都不會感謝他的！」

媽媽靠近她，對著沙代冰冷的心靈好言相勸。

然而，沙代卻大聲頂嘴，掩蓋過媽媽的聲音。

她那雙冷漠的眼睛，就像是變了個人似的。

眼前的女兒已經將自己封閉起來，聽不進任何聲音。

媽媽皺著眉頭，難過地望著她。

「爸爸也是怕沙代受騙、上當啊……他其實很擔心妳的。那時在前往醫

院的計程車上，他一路上雙手不停發抖……」

「我不是說過了嗎？我不需要那種人為我擔心。」

無論媽媽如何好言相勸，沙代還是生氣地頂嘴大罵。

媽媽緊緊咬著嘴唇，對著變得像惡鬼一般的女兒，用力地甩出了一巴掌。

剎那間，沙代的臉頰感覺到一陣熱辣辣的疼痛。

沙代撫摸著臉頰，雙眼瞪著媽媽不放。

「世上哪有不擔心自己女兒的父母？」

媽媽脹紅著一張臉，大聲嘶吼。

「……妳不要太過分了！」

媽媽冷冷丟下這句話之後，轉身走出房間。

沙代一時之間，覺得似乎連媽媽也棄她於不顧。

焦躁的沙代抓起身旁的雜誌亂丟，把滿腔的煩悶大吼出聲來。

她開始隨手抓起身邊的東西，一件件亂砸，瘋狂得大吼大叫。
直到最後，感覺到心中那股無法填滿的空虛，沙代再次倒在床上。

沙代凝望著從天花板上垂吊的電燈，深深嘆了口氣。
接著，她慢慢想起媽媽剛才氣憤大喊的那番話。
沙代腦海中頓時浮現爸爸當時驚慌失措、飛奔到醫院的模樣。
「那種人……」
那種人根本不配當爸爸。
沙代把臉埋在枕頭裡，緊緊閉上眼睛。

幾個小時後，不知不覺睡著的沙代被身邊響起的手機鈴聲吵醒。
她拿起手機看看來電顯示……是好友的名字。
「喂……」

沙代邊揉著眼睛、邊接起電話。

「……明美，妳是因為有事想跟我說才打來的吧？」

沙代接起電話已經過了將近十分鐘。

但是，主動打電話來的明美卻什麼話也不說，只在沉默之中輕輕地「嗯」了一聲。

沙代面對她莫名其妙的舉動開始感到不耐煩，忍不住嘆了口氣問她。

這時，明美似乎終於下定決心，總算開口了。

「妳……喜歡上大野了吧？」

她壓低了聲音，一開口就直搗最重要的部分。

沙代聽到她的問題，沉默了幾秒鐘。

「我怎麼會喜歡他呢？」

沙代停了一會兒，做出曖昧不清的回答。

明美察覺到她的心情，嘆了口氣不再追問。

「我一直覺得自己是最了解沙代的人，結果，居然還吃起了大野的醋。」

明美將自己的心情娓娓道來。

「看他認真地為沙代著想，我居然……覺得很不高興。」

邊聽明美的話，沙代邊想起大野對她表白的認真模樣。

「妳想太多了啦！」

沙代不肯承認明美所說的，是因為她不能背叛健太郎。

「……有什麼關係呢？我認為大野一定能讓妳幸福的。」

明美不理會沙代，直接承認了大野的身分。

「他是真的很為沙代著想喔！」

在明美說出這句話的瞬間，寂寞和欣慰兩種不同的情緒同時在沙代心中交錯。

「別開玩笑了啦……妳是要我背叛健太郎嗎？」

她覺得自己對大野透露出的隱約心動，彷彿被看穿了。

沙代對明美堅決否認，一方面也在警惕自己。

然而，她的回答卻讓明美皺起眉頭。

「開玩笑的是沙代吧！這哪叫作背叛？妳說這種話才真的是背叛小健吧！」

明美的語氣越來越強烈。

沙代卻對明美所說的感到疑惑。

……這樣才叫背叛？

「我什麼時候背叛他了？」

沙代無法理解明美話中的含意，只好勉強克制心中的怒氣，冷靜地反問。

明美決定要把長久以來藏在心中的秘密說出來。

「小健很可能是為了保護沙代才會死的……」

之前她和由加聽到廣也說的那番話還深深印在腦海。

因為怕沙代知道之後會更難過，所以她一直隱瞞沙代到現在。

「怎麼會這樣？」

沙代聽到真相之後哭著問道。

明美把當初從廣也那裡聽來的話，一五一十地告訴沙代。

沙代完全說不出話。

她腦中不斷浮現車禍當時的情景。

在一陣強烈的車燈照射下，健太郎保護了沙代。

健太郎對她的心意，被他死亡的事實給掩蓋了。

「所以沙代一定要好好活下去，過著幸福快樂的日子才行啊！因為……

妳這條命是小健拚死保護的啊！」

明美在啜泣之中依舊努力想讓沙代明白事實真相。

沙代輕輕閉上眼。

她眼底出現健太郎一臉燦爛純真的笑容。

「抬起頭來往前走吧……別在原地踏步了，往前走啊！」

明美勉強擠出嘶啞的嗓音，希望沙代能獲得幸福。

一道淚痕滑過沙代的臉頰。

健太郎留下的……是她的未來。

那一夜，沙代輾轉難眠。

她不斷低吟著健太郎的名字，淚水濕透了枕頭。

隔天早上，沙代穿好制服站在鏡子前。

她深深吸了口氣走出房間。

她比平常早下樓，而且直接走向餐桌。

「沙代……」

媽媽一臉驚訝地看著沙代。

因為這個時間爸爸還沒出門。

「……早安！」

沙代神色略顯尷尬地打了聲招呼，快步走到餐桌邊。

接著，她在靜靜吃著早餐的爸爸面前坐下來。

爸爸拿著筷子的手，一瞬間靜止不動。

然而，他依舊沒說一句話，還是繼續靜靜地吃飯。

另一方面，媽媽卻顯得比平常更加興奮，試圖想打破父女之間的尷尬氣氛。

好久沒看到爸爸了，他的臉依舊令人感到十分有威嚴。

兩人沒有交談。

但是，他們已經能同桌用餐了。

媽媽看著兩人的模樣，忍不住濕潤了眼眶。

一陣和風拂過樹葉，發出沙沙的聲響。

「……健太郎。」

爸爸出門之後，沙代也比平常還早離開家。她慢慢地走到了健太郎的墳前。

沙代站在他面前對他說話。

「我已經不哭了……」

這是她思索了一個晚上做出的決定。

沙代腦海中不斷湧現和健太郎相處的一幕幕回憶。

「……謝謝！」

如果不邁步向前走，那麼健太郎一切的努力就都白費了。

健太郎總是這麼鼓勵她。

他總是為她加油、為她打氣。

「你現在也在我的身邊吧？」

雖然看不見，她卻可以感覺到健太郎就在不遠處。

陣陣蟲鳴讓四周顯得格外寧靜。

一瞬間，沙代身邊彌漫著一股令人懷念的氣息。

她驚訝地睜大雙眼。

那是健太郎的味道……

環繞在自己身邊的溫暖，就像以往健太郎緊緊抱住她時那種相同的體溫。

沙代不自覺地在嘴邊泛起微笑。

「……你還是那麼討人厭耶！」

她就像是跟健太郎對話似的……

明明下定決心不再哭泣，沙代卻又忍不住淚水盈眶。

幾個星期之後——

「喂，請我吃糖果！」

一隻大手伸到沙代面前。

「一顆一百塊。」

沙代露出一臉促狹的笑容，在那隻手掌上輕輕放了一顆糖果。

「太狠了吧妳！」

那是鼓著腮幫子、一臉不滿的大野。

那天，沙代把自己的心情對大野坦承。

「現在的我沒辦法跟你交往。即使答應你，也只不過是又想找個人依賴而已……」

大野平靜地接受了她的想法。

「沙代，待會兒放學要不要去吃點東西？」

當兩人正有說有笑時，明美跑過來問道。

「抱歉！今天我們全家人都要到外面吃飯，我要早點回家才行。」

沙代雙手合十，婉拒了明美。

沙代現在不但每天都會和爸爸見面，兩人也開始慢慢有些交談了。

兩天前，爸爸還請媽媽告訴沙代，要「全家一起到外面吃飯」。

雖然只是一小步，但沙代發現自己敞開心扉之後，周遭也開始慢慢有了變化。

到了夏天，由加就回來了。

要是她看到現在自己這個模樣，一定會很高興的。

健太郎一定也是。

健太郎，你好嗎？

健太郎過世就快一年了。

感覺似乎好久……卻又像只是一眨眼。

前陣子，自己一個人去了那個海岸。

……對不起。

答應你再也不哭的，但到現在還是沒做到。

你現在也依然在我身邊嗎？

千萬別說什麼「就算沒有我也行」，然後悄悄離開我喔！

正因為覺得你就在身邊，我才能邁開步伐走向前啊！

希望你能一直、一直守護著我。

跟你共度的那些美好回憶，將是我一輩子的護身符。

每次在夢裡和健太郎重逢，就讓我覺得好難過……也會忍不住哭泣。

但是，我真的很慶幸能遇到健太郎。

我好慶幸自己能夠愛上你……

在那些被你寵愛的日子裡，我真的好幸福。

健太郎……

往後也要一直、一直守護著我喔！

我邁步向前的模樣，就像那片遼闊的晴空……

後記

就在我開始在網路上寫小說的幾個月之後，收到了一封伊媚兒。

當時我剛寫完改編由自己親身經歷的小說，每天都收到幾十封讀者傳來的伊媚兒，跟我分享他們的感想。

我趁著工作和管理網站的休息空檔，讀了那封伊媚兒。

我也失去了心愛的人。

開頭寫著這句話的伊媚兒，讓我非常在意。

在七、八行描述自身經驗的文字中，深刻地傳達出她至今尚無法完全復原的心情。

在我讀完這封伊媚兒的當晚，反覆體會著她的感受，想起那段夜不成眠的日子。

她似乎希望有著相同經驗的我能對她說些什麼。

隔天，我回了這女孩一封信。

這個女孩就是本書中的「沙代」。

在彼此交談的過程中，我發現我們有許多共同的感觸，也因為基於她的期望，我們試著將這段經歷化成具體文字。

……最後完成的就是這本《空》。

當時她雖然已經下定決心要往前邁進，卻始終停留在無法踏出步伐的階段。

在詢問過哪些情節是她特別希望保留的之後，我掌握了這幾個重點和大致上的架構，開始寫下這個故事。

我是個寫作生手，不知道完成的作品是否讓她滿意？不過，當我寫完之

後，我就收到了她的感謝函。

此外，我也收到其他讀者眾多的感想。

這樣的事情不只出現在連續劇裡，也可能發生在自己身上。

就算看到有人過世，也因為不是自己親近的人，總覺得事不關己。

看著讀者們的來信，讓我再次深刻感受到生命的短暫。

我也失去過心愛的人，卻誤以為只有自己有過這樣的經歷。

不過，其實每個人都曾以不同的形式失去過心愛的人。

在這部作品中，我希望傳達出「向前走」的意念。

因為這是任何人都有的體驗，我才會更想告訴大家必須「向前走」。

除了自己，還得為失去的那個人加倍努力，勇敢向前邁進。

因為擁有肉體的人才能往前走。

既然還能走，就一定要大步邁進。

這些話我不僅要對讀者說，同時也是說給寫下這個故事的自己聽。

「向前走！」

光用嘴巴說聽起來很簡單，然而，一旦曾經停下腳步，要再次舉步邁進卻相當困難。

所以，原地踏步也無所謂。

轉向後方回首過去也無所謂。

只是，希望你「別忘了」如何「向前走」。

很擔心自己拙劣的文筆沒辦法清楚傳達這樣的意念，但我依舊努力將這個心願蘊藏在文字裡。

所有人都會失去心愛的人、心愛的事物。

但是，經歷過這番艱辛將會變得更堅強，一步一步，繼續向前邁進。

何不試著向前走？

你可以邁出步伐向前走的。

我和她也會一起向前走。

你也一樣，步伐緩慢也無所謂，只希望你正視前方。

……向前走吧！

最後，我要感謝化身本書中「沙代」的那個女孩，以及所有讀者和製作本書的相關工作人員。

真的很謝謝大家。

Chaco

2006.10.24

天使がくれたもの
天使的禮物

日本純愛網路天后 Chaco

《天使的禮物》四部曲！

界線

Chaco 著

想跨越朋友和戀人之間的那條「界線」，
需要多大的勇氣與自信？

因為共同擔任新生宿營的籌備委員，
小舞喜歡上了同班同學——葉山勇心。
可是，個性活潑的勇心對每個人都一樣溫柔，
也受到許多女生的喜愛，讓小舞遲遲不敢鼓起勇氣表白，
只在情人節做了巧克力，偷偷地送給勇心。

新學年的分班，讓小舞和勇心之間的距離更遠了，
這份情意成了遠遠觀望的苦澀單戀。
面對煎熬不已的心，小舞終於寫下了一封表白的情書……
「我喜歡你，也希望能和你交往。
OK的話，明天早上就在書桌上放支自動筆，
不行的話，就放個橡皮擦吧。」
隔天早上，放在勇心桌上的會是……？

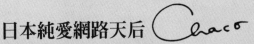

太陽與月亮

Chaco 著

我對你的心，
就像太陽那樣熱切，像月亮那樣專注……

這就是……一見鍾情嗎？
當小幹第一次看見那個名叫「拓馬」的男孩時，她這樣問著自己。
但，不由自主地追隨著他的眼光，卻已經告訴了小幹答案。

拓馬總是活潑地笑著，發出的光芒比誰都來得耀眼！
天天看著這樣的他，小幹心中的情感與日俱增……
可是，拓馬的眼中並沒有小幹的存在，
他接近小幹，只是為了幫助喜歡小幹的好朋友和貴。

面對和貴的追求，小幹有意無意地逃避著，
卻也從和貴的口中得知，拓馬已經有了喜歡的女生。
夾雜在愛人與被愛的苦澀之間，小幹終於鼓起勇氣，
在大家面前對拓馬說出了自己的心意……

妳給的禮物

Chaco 著

《天使的禮物》系列完結篇，
揭開香久最深情的一面！

我是香久山聖，目前和室友輝緒一起住在岸和田的公寓。
某天，一個叫「小舞」的女生突然出現在我們的公寓裡，
還踩到了正在睡覺的我！真是個沒禮貌的傢伙！
老實說，剛開始的時候，我真的覺得她很討人厭；
可是，當我看見她悲傷的眼淚和逞強的笑顏，
怎麼開始莫名地在意起她來了?!

不過，我能開口要她等我嗎？
現在的我，只是個沒有心力、也沒有資格去碰觸愛情的人！
也許，逃離她的身邊才是忘記她的唯一方法吧？
但是，沒想到，當我再也控制不住心中的思念，朝她飛奔而去的時候，
她的身邊，似乎已經沒有我的位置了……

戀空【上‧下】

美嘉 著

不管過了多久，我們的天空，
始終是相連著的吧？
因為那是我們手牽手，一起愛過的證明……

一直過著平凡人生的美嘉，
當她進入高中、愛上阿弘的那一刻起，
她的生命從此便踏入了曲折之路。
但是，戀愛的愉悅與甜美、分離的悲傷與痛楚，
甚至是被傷害的陰影……
阿弘都陪著美嘉走過來了！
兩個人一起相愛、一同成長，彼此更約定要攜手邁向未來。
可是某一天，
阿弘卻突然說自己無法再守護著美嘉了！
第一次失去阿弘的美嘉，這時才發現，
阿弘對她而言，早已是不可或缺的存在……

國家圖書館出版品預行編目資料

空/Chaco著;葉韋利譯. -- 初版. -- 臺北市：平裝本,
2009.03- 冊；公分. --
(平裝本叢書;第0324種 @小說；36)
譯自：SORA
ISBN 978-957-803-730-4 (平裝)

861.57 98003056

平裝本叢書第0324種
@小說 36

空

空

作　　者—Chaco
譯　　者—葉韋利
發 行 人—平雲
出版發行—平裝本出版有限公司
台北市敦化北路120巷50號
電話◎02-27168888
郵撥帳號◎18999606號
皇冠出版社(香港)有限公司
香港上環文咸東街50號寶恒商業中心
23樓2301-3室
電話◎2529-1778　傳真◎2527-0904
出版統籌—盧春旭
版權負責—莊靜君
美術設計—王瓊瑤
印　　務—林佳燕
校　　對—劉素芬・陳秀雲・張懿祥
著作完成日期—2006年
初版一刷日期—2009年3月
初版四刷日期—2011年12月
法律顧問—王惠光律師

讀者服務傳真專線◎02-27150507
電腦編號◎435036
ISBN◎978-957-803-730-4
Printed in Taiwan
本書特價◎新台幣199元/港幣67元